村上春樹と魯迅そして中国

藤井省三

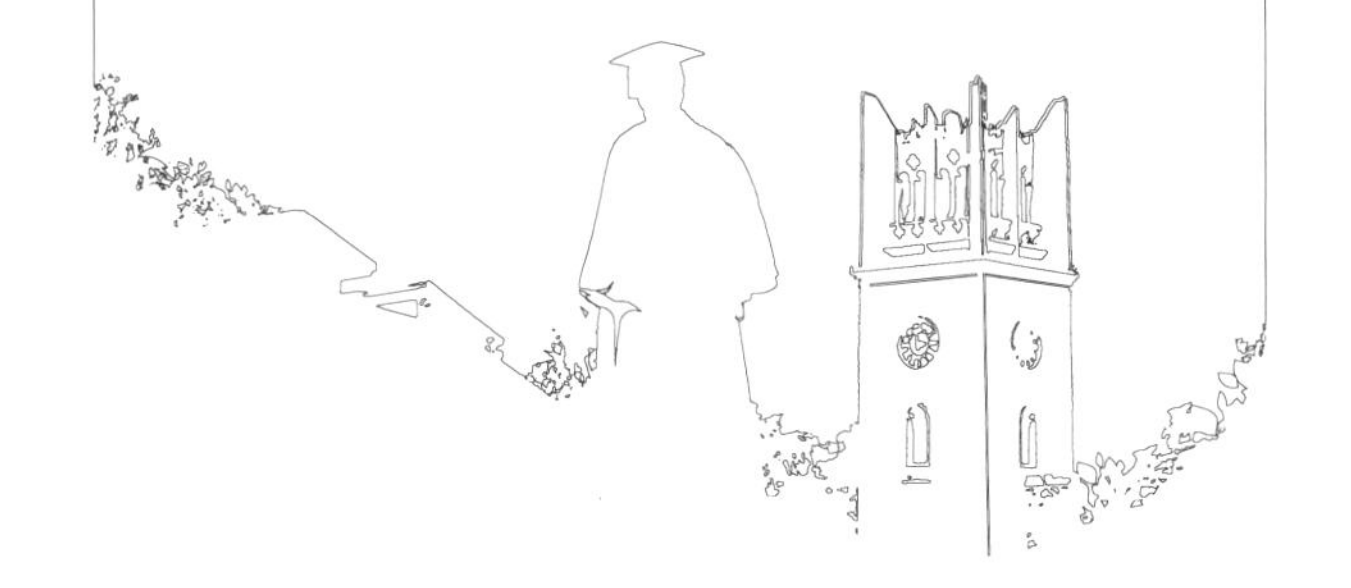

早稲田新書
009

はじめに　猫好きの村上春樹と猫嫌いの魯迅

『猫を棄てる』（二〇二〇年、前年に雑誌掲載）は、村上春樹が父の生涯を記したエッセーである。彼の父の生涯の物語において、日中戦争体験が核心的な意味を持っている。この本では村上が小学校低学年の時に、父から「自分の属していた部隊が、捕虜にした中国兵」を斬首したと打ち明けるように聞かされた体験、およびその父が九十歳で亡くなった後に村上が調査した父の従軍の足跡などが描かれている。

戦時中の父の深刻な体験を描くこの伝記的作品は、冒頭で父と猫を棄てた思い出を語ってもいる。小学校低学年の村上がある夏の午後、父が漕ぐ自転車の後部座席に座り、二キロ先の海岸で猫を棄てて帰宅すると、棄てたはずの猫が玄関で「にゃあ」と言って愛想良く出迎えたのだ。父は唖然とするいっぽう、安心したようすでもあり、村上家ではこの猫を飼い続けることにしたという。

そして村上は「うちにはいつも猫がいた〔略〕猫たちはいつも僕の素晴らしい友だちだった」とも述べている。

このような心温まるエピソードを語ったのち、村上は重くて苦しい本題に入っていくのだが、後日のインタビューに「猫は僕にとっては導くものであり、癒やすものです」とも答えており、父と共に棄てたはずの猫を飼い続けることになった思い出を語らずして、父の戦争体験も語り得なかったのであろう。

村上春樹が深い共感を寄せる中国の作家が魯迅（ルーシュン、一八八一～一九三六年）である。ところが魯迅は自他ともに認める猫嫌いであった。たとえば魯迅の童話的作品「兎と猫」（一九二二年）――この短篇小説は魯迅と彼の老母および二人の弟の家族が住む北京の大家族をモデルとしており、買われてきた一つがいの兎とその子兎、この小動物に愛情を注ぐ若奥さんや子どもたち、そして残酷にも子兎を襲う黒猫との確執などがほほえましいタッチで描かれている。兎をかいがいしく世話する若奥さん、そして黒猫の襲来を受けながらも子兎を育てていく母兎らを見守り続けた「私」は、最後に一つの決意を固めるのであった。

「あの黒猫は後の低い塀の上をぶらぶら散歩することもそう永くないだろうと思いつめると、私は又我知らずに本箱の中にある Cyankalium の瓶をちょっと見た。」

「Cyankalium」とは青酸カリのことである。結びで語られる黒猫毒殺という決意は、白兎をめぐるほほえましい家庭劇とは一見場違いな印象を与えるかもしれない。しかし、一日一刻ごとに抹殺される無数の生命の悲しい叫びを感取する魯迅の想像力は、彼をして自然の不条理への反抗へと駆り立てるのである。

　魯迅は「兎と猫」を自ら日本語に翻訳し、北京の日本語雑誌に発表しており（『北京周報』一九二三年一月の新年特別号）、「あの黒猫は〔略〕」の一文も魯迅自身の翻訳からの引用である。ただし旧仮名遣いは新仮名遣いに直している。

　猫嫌いの魯迅は鼠（ねずみ）が大好きだった。子供の頃にペットの小鼠が猫に食われてしまったと聞かされた魯迅は、復讐を決意して猫退治をしたという。もっとも回想記によると、小鼠は猫に殺されたのではなく、子守り女中のお長（ちょう）が踏みつけたのだと知って怒り、祖母だけが使っていた「お長」という呼び捨ての名前を口にして彼女を問いつめたともいう。とはいえ挿絵が大好きな魯迅坊やに、神話物語の『山海経（せんがいきょう）』絵入り四冊本を里帰りのお土産にくれたのもこのお長なのである。ちなみに村上春樹の『風の歌を聴け』など初期三部作に登場する語り手「僕」の親友は、「鼠」という呼び名である。

　本書は猫好きの村上春樹の世界を、猫嫌いで小鼠好きの魯迅の世界と照らし合わせることにより読み解く試みである。村上が父親から受け継いだ日中戦争体験など戦争の記憶は、村上文学を一貫して流れるテーマであり、中国は村上春樹における重要な「記号」でもある。

そのいっぽうで、今世紀に入ってから、中国はアメリカのグローバルなライバルとなりつつあるが、そのような現代中国を村上春樹はどのように見ているのか、そして中国人は村上文学をどのように読んでいるのか、という点も合わせて考えてみたい。

目次

第4章　満洲国の記憶――『羊をめぐる冒険』と高橋和巳『堕落』……81

第１章　村上春樹と魯迅

三十年ほど前、村上春樹はアメリカ東部のプリンストン大学滞在中に、香港人研究者のインタビューを受けている。この時の聞き手は比較文学研究者のウィリアム・鄭（テイ）（鄭樹森、William Tay）で、彼の「中国文学は何を読みましたか」という問いに対する村上の答えは「主に古典的名著で、少し読んだだけです。系統性などありません〔略〕今覚えている小説家は魯迅です。（ほかの現代作家は：引用者注）覚えていません」というものだった。

当時、村上はプリンストンの大学院生向けに戦後日本文学ゼミを開講しており、この授業体験を元にして一九九〇年代後半には本格的文芸批評の『若い読者のための短編小説案内』を書き上げている。これは戦後日本文学を代表する六作家の短篇小説を読み解くものであり、吉行淳之介、丸谷才一ら有名作家の中に、それほどには著名ではない長谷川四郎（一九〇九〜八七年）が含まれている。長谷川は戦前には満鉄（南満州鉄道株式会社）勤務などの満州国体験を、戦後にはソ連軍の捕虜となってのシベリア抑留体験を持つ作家である。彼の短篇小説「阿久正の話」とは魯迅の「阿Q正伝」にヒントを得た作品で、その題名は「の」を飛ばせば「阿久正話」と読めるのだ。

村上は「阿久正の話」取り上げるに際しては、「今回実に久しぶりに「阿Q正伝」を引っぱり出して読み返し」たと断りながら、次のような「阿Q正伝」論を語っている。

> 魯迅の「阿Q正伝」は、作者が自分とまったく違う阿Qという人間の姿をぴったりと描ききることによって、そこに魯迅自身の苦しみや哀しみが浮かび上がってくるという構図になっています。その二重性が作品に深い奥行きを与えています。

村上は「魯迅の阿Qみたいな「切れば血が出る」生々しいリアリティー」とも指摘しており、この「阿Q正伝」評は簡潔ながら急所を押さえた名批評といえよう。

村上春樹が魯迅に寄せる深い関心のありかについて、私は『村上春樹のなかの中国』（朝日選書、二〇〇七年）で詳しく書いたので、本章では手短に述べることとしたい。

村上は作家デビュー間もない一九八三年に、自らの読書体験について次のように書いている。

当時（１９６０年代前半：引用者注）僕の家は毎月河出書房の「世界文学全集」と中央公論社の「世界の歴史」を一冊ずつ書店に配達してもらっていて、僕はそれを一冊一冊読みあげながら十代を送った。おかげで僕の読書範囲は今に至るまで外国文学一本槍(やり)である。要するに三ツ子の魂百までというか、最初のめぐりあわせとか環境とかで、人の好みというのはだいたい決定されてしまうのである。

この河出書房『世界文学全集』の第47巻が竹内好編訳による「魯迅・茅盾」のアンソロジーであり、その大半は魯迅の代表作で構成されており、収録されている魯迅作品は別表１の通りである。

別表１　（　）は中国語原題
狂人日記（狂人日記）
孔乙己（孔乙己）
風波（風波）
故郷（故郷）
阿Ｑ正伝（阿Ｑ正伝）

あひるの喜劇（鴨的喜劇）
宮芝居（社戯）
〔以上は魯迅第一短篇集『吶喊』（一九二三年八月）より：引用者注〕
祝福（祝福）
孤独者（孤独者）
離婚（離婚）
〔以上は魯迅第二短篇集『彷徨』（一九二六年八月）より：同〕

散文詩集『野草（やそう）』（一九二七年七月）題辞も含む「希望」ほか全二十四篇

阿長と『山海経』（阿長与『山海経』）
二十四孝図（「二十四孝図」）
藤野先生（藤野先生）
范愛農（范愛農）
〔以上は魯迅第三短篇集『朝花夕拾』（一九二八年九月）より：同〕

奔月（奔月）
理水（理水）
鋳剣（鋳剣）
非攻（非攻）
出関（出関）
〔以上は魯迅第四短篇集『故事新編』（一九三六年一月）より：同〕

『世界文学全集　47』は一九六二年二月の刊行であり、一九四九年生まれの村上春樹は、そのひと月前に十三歳になっていた。その後も彼は中学・高校の国語教科書や各種の文庫本などで魯迅文学に親しんだ可能性も高いであろう。十代の読書をめぐって、村上自身が「三ツ子の魂百まで」と語っているように、中学時代に出会った魯迅から、村上春樹はある決定的な影響を受けたと思われる。

村上春樹は一九六八年に故郷の兵庫県芦屋市を離れて東京の早稲田大学文学部演劇科に入学、小説『風の歌を聴け』（以下『風』と略す）を七九年に発表して文壇デビューを果した。このデビュー作『風』とは、二十代最後の年を迎えた「僕」が、一九七〇年二十歳の夏の帰省先での出来事を回想する物語である。その書き出しは次の一句で始まる。

「完璧な文章などといったものは存在しない。完璧な絶望が存在しないようにね」

これは、魯迅のエッセー「希望」（一九二五年一月一日作）に記された言葉「絶望の虚妄なることは、まさに希望と相同じい」を連想させる。この「希望」という魯迅エッセーは『世界文学全集 47』に散文詩集『野草』の一篇として収録されており、『風』冒頭の「完璧な文章などといったもの〔略〕」という口語体の一句を「文章の未完なることはまさに絶望と相同じい」と漢文訓読風に言い換えると、村上が魯迅の希望の論理を継承していることが理解できるだろう。村上自身、文芸批評家の川本三郎との対談で次のように語っている。

「この『風の歌を聴け』という小説についていえば、僕自身にもわからないことが沢山あるんです。要するにここに書かれていることの大方は極めて無意識的に出てきたものなんです〔略〕いわば『自動筆記』みたいな感じ〔略〕自分の言いたいことを〔略〕最初の数ページの中に殆んど全部書いちゃったということなんです」

魯迅の「絶望の虚妄なることは〔略〕」という言葉が村上の中学時代の愛読書『世界文学全集』に収められた散文詩集『野草』「希望」の章の一節であることを考えると、多感な十代に抱いた魯迅への共感が、十数年後に「無意識的に〔略〕『自動筆記』みたいな感じ」で村上の脳裏に甦ったのであろうか。

魯迅は現代中国文学の父であり、文学による国民国家建設を信じて一九一一年の辛亥革命から一九二〇年代の国民革命、三〇年代の国民党独裁体制という困難な時代を作家として生き抜いた。その魯迅を支えていたのが「希望の論理」であった。

魯迅は珠玉の短篇「故郷」（一九二一年）を、「思うに、希望とは、もともとあるものだともいえぬし、ないものだともいえない。それは地上の道のようなものである。もともと地上には、道はない。歩く人が多くなれば、それが道になるのだ」という言葉で結んでもいる。

第一短篇集『吶喊（とっかん）』の「自序」（一九二二年）では、「（現在への絶望に対し：引用者注）私には当然私なりの確信があるが、希望について言えば、それは抹殺できないもので、希望は将来にあるのだから、絶対に無しという私の悟りでは、彼（執筆を勧める友人：同）のあり得るという説を決して説得できず」、友人の勧めを受け入れて創作を開始したとも語る。

このような屈折した希望の論理の延長上に、一九二五年一月一日新年の日に書かれたのが、散文詩「希望」なのである。その中で魯迅はハンガリーの国民詩人ペテーフィ（一八二三〜四九年）の同名の詩を借りて魯迅自らの挫折した青春を語っている。ハプスブルク家からの祖国独立のための戦闘に加わり、二十代半ばで戦死したこのロマン派詩人を、魯迅は終生愛し続けており、日本留学中に書いたヨーロッパ・ロマン派詩人論「摩羅詩力説」（一九〇七年執筆）で、早くもペテーフィに一章を割いて論じている。散文詩「希望」執筆の三日後には魯迅はエッセー「Petőfi Sándor の詩」を書き、そのエッセーの中で詩人の作品五首を訳してもいる。

当時すでに四十代半ばを迎えていた魯迅は、『野草』「希望」の章を「わたしの胸は、ことのほか寂しい」と語りはじめる。この「寂しい（原文「寂寞」：引用者注）」の一語にはかつて彼が「『吶喊』自序」で筆にした「寂寞」の語と比べ、すでに悲哀を突き抜けた一種の静謐なる響きさえ感じられよう。

「だが、わたしの胸は安らかである。愛着（原文「愛憎」：同）もなく、哀楽もなく、色と音もない」と筆を進める魯迅は、希望の盾を取り、襲いくる空虚のなかの暗夜に立ち向かった自らの青春をふり返る。青春はすでに過ぎ去ってしまったことを知りながら、彼は縹渺としたものにせよ回りには青春がいまだ存在すると信じていたのだが、今や若人も老いてしまったことを知り、彼はペテーフィの「希望」の歌に耳を傾けつつ、希望の盾を手放すのだ。

希望とは何——あそび女だ。
だれにでも媚び、すべてをささげさせ、
おまえが多くの宝物——おまえの青春を

失ったときにおまえを棄てるのだ。

ここで魯迅は抗しがたき暗黒に沈まんとしているかのようだが、しかしこの時、彼の胸にペテーフィの言葉が凛と響きわたるのである。

絶望の虚妄なることは、まさに希望と相同じい。

ハンガリーの魯迅研究者ガラ・エンドレが明らかにしたところによると、この「絶望の〔略〕」という ペテーフィの言葉は、本来は一八四七年に彼がハンガリー北東部を旅行中、友人に宛てた書簡の一通に出てくるものであった。このペテーフィの手紙は、ユーモアに溢れており、直訳すれば「ねえ君、絶望は希望と同じくたぶらかすものなんだよ」といった軽口になるという。

魯迅がペテーフィ書簡の口語調の一句を「絶望の〔略〕」と文語調の中国語訳で引用しつつ書いた散文詩「希望」は、本来のペテーフィの口語調の書簡とは、相当に異質な状況で成立したものである。しかし希望と絶望の挟間を歩み続けてきた魯迅は、この一句から深い啓示を受けたのであろう。

同様に魯迅の「希望」と村上の『風』も、前者は一九二〇年代の中国、後者は一九七〇年代の日本と、時空を相当に異にする作品であるが、それ故にこそ魯迅を愛読していた村上は、「絶望の〔略〕」という一句に啓示を受けて『風』を書き始めたのではあるまいか。『風』は「1」から「40」までの長短の章から構成されており、「完璧な文章などといったものは〔略〕」という冒頭「1」での引用に続けて、村上は主人公に「僕が大学生のころ偶然に知り合ったある作家は僕に向ってそう言った」とこの言葉が典拠を有すると語らせているが、この「ある作家」とはほかならぬ魯迅ではないだろうか。

魯迅が「希望」を書いた時、すでに四十三歳を過ぎており、この散文詩には失われた青春への哀惜の思いが満ちている。

> わが青春の過ぎ去ったことを、わたしはとうに気づかないわけではなかった。ただ身外の青春のみは、当然在(あ)るものと信じていた。星、月光、瀕死の蝶(ちょう)、闇(やみ)のなかの花、みみずくの不吉な声、血を吐くほととぎす、笑いの渺茫(びょうぼう)、愛の乱舞……たとえ悲涼漂渺(ひょうびょう)の青春であるにしても、青春はやはり青春である。
>
> だが今は、なぜ、このように寂しいのか。身外の青春さえもことごとく過ぎ去ったわけではあるまい。世の青年がことごとく年老いたわけではあるまい。
>
> わたしは自分で、この空虚のなかの暗夜に肉薄するよりしかたなかった。

魯迅の「世の青年がことごとく年老いたわけではあるまい」という問いに対する村上の回答が、『風』の「完璧な文章〔略〕」に続く次の一節ではないだろうか。

20歳を少し過ぎたばかりの頃からずっと、僕はそういった生き方を取ろうと努めてきた。おかげで他人から何度となく手痛い打撃を受け、欺かれ、誤解され、また同時に多くの不思議な体験もした。様々な人間がやってきて僕に語りかけ、まるで橋をわたるように音を立てて僕の上を通り過ぎ、そして二度と戻ってはこなかった。僕はその間じっと口を閉ざし、何も語らなかった。そんな風にして僕は20代最後の年を迎えた。

今、僕は語ろうと思う〔略〕しかし、正直に語ることはひどくむずかしい。僕が正直になろうとすればするほど、正確な言葉は闇の奥深くへと沈みこんでいく。

失われた青春、孤独による言語喪失という感覚において、村上春樹は時空を越えて、魯迅に深い共感を抱いていたのであろう。だが「絶望の虚妄なることは、まさに希望と相同じい」と語った魯迅が四十代であったのに比べれば、村上はまだ若く、青春の余韻の中にあったろう。日本の一九六〇年代末の「大学闘争」は、理想主義の高揚とその崩壊という点で中国の辛亥革命から国民革命に至る希望と挫折の歴史に通じるものがあるとはいえ、中国近代史の長く大きな苦悩と比べると、現代史の一コマにすぎない。村上は自らが抱え込んでしまった孤独と喪失の源を探ろうとして、中国へと目を転じるのであった。それは父の世代の戦争体験である。

第2章　男子学生の帰省と中年男の帰郷

(一) 時代の刻印と時間的二層構造

村上春樹が一九七九年、三十歳の年に発表した『風の歌を聴け』(以下『風』と略す) は、彼の最初の小説にしてデビュー作であった。語り手の「僕」が語る彼の「21」歳の大学生時代の物語は、本人の言葉によれば「1970年の8月8日に始まり、18日後、つまり同じ年の8月26日に終る」。それは東京から帰省した大学生の短い夏休みの物語であり、物語の舞台は「前は海、後ろは山、隣には巨大な港街」のある故郷の海辺の街である。

海辺の街とは村上自身の故郷で大阪市と神戸市との間に位置する芦屋市をモデルとしているのだろう。この街で「僕」は中国人のジェイがひとりで切り盛りしているジェイズ・バーで親友の「鼠」と旧交を温め、「小指のない女の子」という新しい恋人と知り合ったのち、テストを受けるため東京の大学へと帰って行く。

現代社会において、若者の夏休みの帰省とは何も珍しいことではない。しかし『風』では一九六〇年代末に日本全国の大学で巻き起こったいわゆる「大学闘争」が、語り手の帰省に大きく影響している。「僕」が通う大学でも学生たちが「全学スト」を行い授業をボイコットしたため、七〇年の夏休みに補講や期末試験が行われ、短い夏休みの帰省となったのであろう。当時の「大学闘争」はアメリカによるベトナム侵略に反対するベトナム反戦運動とも呼応して、多くの学生たちが学外でもデモを行い、治安警備の警察機動隊と激しく対立していた。『風』では「僕」と「小指のない女の子」との間に次のようなやりとりがある。

僕たちは彼女のプレイヤーでレコードを聴きながらゆっくりと食事をした。〔略〕デモやストライキの話だ。そして僕は機動隊員に叩き折られた前歯の跡を見せた。

ポスト「大学闘争」という時代の刻印を深く押された帰郷物語――これが『風』の第一の特徴である。

同作においては、ポスト「大学闘争」という特定の時代の帰郷は、語り手「僕」の帰省から九年後に、「20代最後の年を迎えた」「僕」による回想として語られている。この時間的二層構造が帰省物語『風』の第二の特徴なのである。

「39」の章で「僕」は「僕の誕生日」は「12月24日」と語る一方で、一九七〇年八月に二十一歳であったと別の章で三度も繰り返している。それならば「僕」は一九四八年十二月二十四日生まれで、七〇年から九年後のクリスマス・イブ以前には三十歳である。「39」の章では「これで僕の話は終わるのだが、もちろん後日談はある」という前置きの後で、「僕は29歳になり、鼠は30歳になった。ちょっとした歳だ。〔略〕僕は結婚して、東京で暮らしている」とも語られている。

村上作品は時間と質量をめぐる細かい数字の記述を特徴とする。三十歳であるはずなのに二十九歳と称す、というこの矛盾した年齢設定は、さらに深い意味を秘めている可能性もあるだろう。ここでは語りの現在（一九七九年）と語られる物語の現在（一九七〇年）との間の九年の差について、魯迅作品と対照しながら考えてみたい。

魯迅の短篇小説「故郷」（一九二一年）は、次のような帰郷物語である――。

二十年ぶりに帰郷した語り手の「わたし」は、記憶の中の美しい故郷が今や寂寞の里に変じているのを見て胸が切なくなる。「わたし」自身も、没落した実家のために屋敷を処分し母や甥を自分が暮らしを立てている異郷の街へと迎え、故郷に永久の別れを告げるために帰ってきたのだ。「わたし」の前には幼友達で今や貧困のため、でくの坊のようになった農民閏土（ルントウ）と、「豆腐屋の若くて美人のお嫁さんから一変して厚かましい中年婦人となった「豆腐屋小町（原文「豆腐屋西施（せいし）」こと楊（ヤン）おばさんとが前後して現れる。「わたし」は老母と相談して不用な品は閏土にあげることに決め、閏土も畑の肥料用にかまどのわら灰を望む。ところが灰の中に茶碗や皿が隠されているのが見つかり、楊おばさんの推理で犯人に閏土が評定された、と「わたし」は離郷後の船中で老母から聞かされる。彼の寂寞感は「思うに、希望とは、もともとあるものだともいえぬし、ないものだともいえない。それは地上の道のようなものである。もともと地上には、道はない。歩く人が多くなれば、それが道になるのだ」という作品末尾の有名な希望の論理の一節へと導かれる。なお魯迅作品は村上春樹が十代に愛読したと思われる竹内好訳『世界文学全集47 魯迅・茅盾』（河出書房新社、一九六二年二月初版、同年十月三版）から引用し、同書収録以外の作品は藤井訳を用いることとしたい。

三十年前には豆腐屋も繁盛し、少年閏土の村も平和だったというのに、なぜ物語の現在においては楊おばさんも閏土も困窮し、人格が劣化しているのだろうか。閏土の言葉によれば以下の通りである。

> 六番目の子まで手助けできるようになりましたが、それでも追っつけません〔略〕世の中は物騒だし〔略〕どっちへ行っても金は取られ放題、きまりも何も〔略〕作柄もよくございません。作物をつくって、持っていって売れば、何回も税金を取られて、元は切れるし〔略〕

これを「わたし」は「子だくさん、不作つづき、苛酷な税金、兵と匪と官と紳とが、よってたかって彼を苦しめ、彼をデクノボーみたいな男にしてしまった」と理解する。三十年前の十九世紀末には政治も社会秩序もそれなりに機能していたものの、辛亥革命（一九一一年）で清朝を倒して成立した中華民国は、統一政権を維持できず、「苛酷な税金、兵」という軍閥割拠の分裂状態で、その間に「匪」（盗賊：引用者注）集団が横行し、「紳」（地方名士、多くは地主：同）と農民の相互依存関係も崩壊していたのである。再会した閏土が「わたし」を「だんなさま」と呼ぶため、「わたし」の幼なじみ幻想が破れる一方、老母は「むかしは兄弟口をききあったものじゃないか」と口を挟む。それに対する閏土の回答は「なんとも……とんでもないことでございます」である。この一句の原文は「這成什么規矩」で、これを私が訳せば、「それじゃあ世の中の決まりはどうなっちまいます」となる。

このように魯迅「故郷」も「きまり（原文「定規」：同）も何も〔略〕」と世の中の決まりが失われた一九二〇年前後の中華民国を背景としている。すなわち『風』と同様に「ポスト辛亥革命」という時代の刻印を深く押された帰郷物語なのである。

魯迅「故郷」には語りの現在と物語の現在との間に時間的な差はないものの、語り手「わたし」が現在を語る間にも三十年前の閏土少年の思い出に耽（ふけ）り、「わたし」が子供のころの楊おばさんを思い出している点は興味深い。しかもこの三十年前の思い出と記憶を、「わたし」は二十年前に離郷するまでは印象深く覚えていた。「故郷」においても、物語の現在における帰郷時の体験と三十年前の故郷の記憶という二層構造が構築されており、同作は村上『風』と同様に時間的二層構造を第二の特徴とする小説でもあるのだ。

(二) 小指のない女の子と豆腐屋小町の楊おばさん

本書第1章「村上春樹と魯迅」の別表1の通り、「故郷」は村上が中高時代に愛読した『世界文学全集 47』にも収録されており、村上が帰省物語としての『風』を執筆する時に、魯迅「故郷」を思い出していた可能性もあろう。特に『風』と「故郷」とに共通する時間的二層構造に注目すると、両作間の直接的影響関係の可能性は少なくない。この点を意識しながら、魯迅「故郷」を村上『風』と読み比べてみよう。

「故郷」には主要な大人の登場人物として「わたし」、閏土、「わたし」の母、楊おばさんの四人が配されているのに対し、『風』にも「僕」、鼠、ジェイ、「小指のない女の子」の四人が登場する。

閏土が三十年前と現在とでは一変したのに対し、鼠は一九七〇年に「セックス・シーンの無い」「一人も人が死なない」小説を書いており、九年後でも「まだ小説を書き続けて」おり、「あい変わらず彼の小説にはセックス・シーンはなく、登場人物は誰一人死なない」。

「故郷」では「わたし」の母は内面が描かれることはなく、世慣れたようすで「わたし」と変わり果てた閏土や楊おばさんとの橋渡しをしているが、『風』ではジェイが「老婆心」で「僕」と鼠や「小指のない女の子」との関係を取り持つものの、彼は時折、感情を吐露する。第3章で詳述するが、ジェイの何気ない感情吐露は「僕」が時折洩らす歴史の記憶、特に戦争の記憶と深く絡み合っているのだ。

「故郷」の楊おばさんと『風』の「小指のない女の子」との対照は、さらに意外なことに気づかせてくれる。楊おばさんは語り手よりも十歳年長で、彼は再会時の彼女の印象を「ほお骨の出た、くちびるのうすい、五十がらみの女性」であり、「両手を腰にあてがい、スカートをはかない両足をひろげて立ったところは、まるで製図器具のなかの細い脚のコンパス」と語る。そして彼の老母の「筋向かいの楊おばさん〔略〕豆腐屋の」という紹介により、三十年前の豆腐屋の商売繁盛は嫁の彼女のおかげで、春秋時代（紀元前七七〇〜紀元前四〇三年）の越の国の美女である西施に比して「豆腐西施」というあだ名が付くほどの美貌だったことを思い出す。この「豆腐西施」というあだ名は『世界文学全集　47』では「豆腐屋小町」と意訳されている。

「わたし」は一度きりの年末年始を共に過ごした数歳年長の男子の遊び友だちである閏土のことは懐かしく詳細に思い出すというのに、十歳年長の美しい隣人であった楊おばさんのことはなかなか思い出せないのはなぜか――この魯迅の謎掛けについては拙著『魯迅と日本文学』（二〇一五年）で詳述したので、ここでは推理は手短にしておこう。

三十年の歳月を経て、楊おばさんが「豆腐屋小町」からコンパスに一変していたため、「わたし」が彼女を認識できなかったとしても不思議はない。しかし彼の「豆腐屋小町」に「まったく関心がな」かったという言葉は、「彼女がいるために、豆腐屋は商売が繁盛する」という彼の記憶と矛盾する。お嫁さんに関心がなければ、美人のおかげで商売繁盛という噂を覚えるはずがないからである。このような「わたし」の矛盾した回想により、「故郷」の作者は少年時代の「わたし」の「豆腐屋小町」に対する特別な感情を浮き彫りにしているのではないか。

「故郷」の語り手は「まだ十そこその年ごろ」に、少年農民の閏土と出会って仲良しとなり、二十年前に離郷するまでの十年間、閏土のことを想い続けていた。そのいっぽうで彼は十代の思春期十年の間、「筋向かいの豆腐屋」の若奥さんに特別な感情を抱いていたが、それが思慕であったとすれば、決して口に出せなかったに違いない。彼が十代に抱いた「豆腐西施」イメージが余りに鮮烈であったために、離郷から二十年後に製図用コンパスへと激変した楊おばさんに再会した際、直ちに同一人物であるとは納得できず、ようやく「豆腐屋小町」の美貌を思い出した時には、少年期の自分は彼女に対し無関心であったと語って、かつての思慕を隠し続けたのであろう。

「故郷」において時間的二層構造は少年閏土と中年閏土との対比だけでなく、若き「豆腐屋小町」と中年楊おばさんとの対比においても、「わたし」の陰影に富む記憶の解明に対し有効に機能している。さらには「わたし」が四十歳ほどの中年――当時ではすでに初老とも見なされた――でありながら、少年時代の記憶に深く囚われて、人生観や異性観においてイノセンスを保つ人物であることも巧みに暗示している。

村上の『風』において「故郷」の楊おばさんに対応する「小指のない女の子」は「20歳より幾つか若く」、楊おばさんが豆腐屋に嫁入りした頃の年齢であろう。しかし『風』のこの「女の子」は、ベッドで「タオル・カバーを足もとにまで押しやったまま」全裸で熟睡という挑発的な姿で登場している。「形のよい乳房が上下に揺れる〔略〕下腹部には細い陰毛が洪水の後の小川の水草のように気持ち良く生え揃っている。おまけに彼女の左手には指が4本しかなかった。」という「小指のない女の子」の描写は、「おしろいを塗って、〔略〕（豆腐屋の店先で…引用者注）一日じゅうすわっていたのだから、こんなコンパスのような姿勢は、見ようにも見られなかった」楊おばさんとは実に対照的である。

酔いから醒めた彼女は、ベッドの隣に「僕」がいる理由を詰問する。これに対し「僕」は、ジェイズ・バーの洗面所で倒れていた彼女を、ジェイと相談の上、自分が家まで送り届けベッドに寝かせたこと、彼女が裸だったのは、彼女が自分で脱いだことなどを丁寧過ぎるほど丁寧に説明している。彼女は「僕」が泥酔している彼女をレイプしたものと疑っていた。後日ジェイズ・

バーで再会してその疑いが解けると二人は急速に親しくなり、彼女が一週間の旅から帰った後には、ベッドで抱き合うが、彼女は旅に出ていたのではなく中絶手術をしていたと告げ、二人はセックスには至らずまどろむ。

その前に「僕」は「冬にはまた帰ってくるさ。クリスマスのころまでにはね。」と再会を約束していた。しかし「39」の章で「後日談」として「小指のない女の子」との理由不明の別れが次のように語られる。

左手の指が4本しかない女の子に、僕は二度と会えなかった。僕が冬に街に帰った時、彼女はレコード屋をやめ、アパートも引き払っていた。そして人の洪水と時の流れの中に跡も残さずに消え去っていた。

僕は夏になって街に戻ると、いつも彼女と歩いた同じ道を歩き、倉庫の石段に腰を下ろして一人で海を眺める。泣きたいと思う時にはきまって涙が出てこない。そういうものだ。

いっぽう魯迅「故郷」の「わたし」は、故郷を離れる船の中で、「さらさらという水音をききながら」次のような感慨に耽っている。

願わくば彼らには、もはやわたしのように、人と人との相距たることだけは知らせたくない〔略〕とはいえ、わたしは彼らが、おなじ気持ちでいたいがために、わたしのように、苦しみに追い立てられる生活へもろともに陥ることも願ってはいない。また、閏土のように、苦しみに打ちひしがれる生活へもろともに陥ることも願ってはいない。また、ほかの人々のように、苦しみのためにすさんでゆく生活へもろともに陥ることも願ってはいない。彼らは、新しい生活をもたなければならない。わたしたちのかつて経験したことのない新しい生活を。

これは農民閏土と「豆腐屋小町」の楊おばさんの時間的二層構造における激変を見た後、そして甥の宏児（ホンアル）と閏土の息子の水生（シュイション）とが三十年前の自分と少年閏土とのように仲良しになっていることを知った後の感慨である。ここで苦しみの人生をめぐり三種の人のタイプが語られているが、一番目と二番目の「わたしのように、〔略〕また、閏土のように〔略〕」に対し、三番目の「苦しみのためにすさんでゆく生活へもろともに陥る」「ほかの人々」とは楊おばさんを指しているのであろう。「故郷」の二層の時間的構造に登場していた楊おばさんは、物語の末尾では暗示されるに留められているのだ。「わたし」は再び彼女を記憶の片隅に隠匿したのである。

これに対し村上『風』が「小指のない女の子」を帰郷物語の時間第二層から完全に消去している点は興味深い。「旅」から帰った——実は中絶手術後の——「小指のない女の子」は「三歳くらいは老けこんで」いるのだが、それから九年後に一九七〇年の帰郷物語が語られる時、彼女を「エプロンをつけた30歳ばかりのいかにも貧血症といった感じの女」に老化させないために、彼女は消されたのだろうか。「エプロンをつけた〔略〕女」というのは、「旅」から帰った彼女を車で迎えに来てYWCAの門前で待っていた「僕」が見上げる冷蔵庫の巨大な広告パネルに描かれた女性である。

一九七〇年の芦屋らしき街における「30歳ばかり」の女性は、さすがに一九二〇年前後の紹興らしき町における「五十がらみ」の楊おばさんほどにはコンパス化してはいないだろう。それでも、『風』の中の「小指のない女の子」は年を取る前に消えていったのである。

『風』の中で「僕」はかつて付き合ったことのある幾人かの「女の子」を思い出している。ひとり目は「5年ばかり前に」修学旅行の後にザ・ビーチ・ボーイズの「カリフォルニア・ガールズ」の入ったLPレコードを貸してくれた「クラスの女の子」。「僕」が彼女を思い出すきっかけは、彼女が土曜日の夜のラジオ番組「ポップス・テレフォン・リクエスト」に「カリフォルニア・ガールズ」をリクエスト曲として「僕」にプレゼントしたためである。レコードを「失くしちゃったんです」と返していないため、「僕」はレコード店でこれを購入する。八方手を尽くしても現在の彼女の電話番号が見つからず、そのため返却もできず、このレコードを九年後も聞き続けているのである。「僕」は「高校の事務所に行って卒業生名簿を調べ」ているので、彼と彼女とは同じ中学と高校に通っていたことになるだろう。

ラジオ番組「ポップス・テレフォン・リクエスト」は時間第一層の終盤にも登場して、難病で三年間も寝たきりの十七歳の少女の手紙を読み上げるが、この少女の看病のため大学を止め、ラジオ番組宛ての手紙を口述筆記した少女の姉が「クラスの女の子」なのだろう。そして「僕」が「カリフォルニア・ガールズ」を買うために偶然に入った店には「小指のない女の子」が働いていた。「僕」は「クラスの女の子」とは再会できなかったが、「小指のない女の子」とは時間第一層では再会するのである――「カリフォルニア・ガールズ」の曲に導かれて。

『風』「19」の章では「僕は21歳で〔略〕これまでに三人の女の子と寝た。／最初の女の子は高校のクラス・メートだったが、僕たちは17歳で、お互いに相手を愛していると信じこんでいた。〔略〕高校を卒業してほんの数ヵ月してから突然別れた。理由は忘れた」と語られている。あるいはこのクラス・メートが「カリフォルニア・ガールズ」を貸してくれた「クラスの女の子」なのであろうか。

「二人目の相手は地下鉄の新宿駅であったヒッピー」の「16歳」の「女の子」で、「新宿で最も激しいデモが吹き荒れた夜」に、「僕」は彼女をアパートに連れ帰った。一週間後に彼女は「嫌な奴」というメモを残して姿を消した。「新宿で最も激しいデモが吹き荒れた夜」とは一九六八年十月二十一日、アメリカのベトナム侵攻に反対する国際反戦デーに生じた新宿騒乱事件をモデルとするのであろうか。
そして、「大学の図書館で知り合った仏文科の女子学生だったが、彼女は翌年の春休みにテニス・コートの脇にあるみすぼらしい雑木林の中で首を吊って死んだ」のが三人目の相手であった。

「三人の女の子」の中でも自殺した女子学生については「19、21、23、26、34」の各章でやや詳しく語られている。しかし自殺の原因については「何故彼女が死んだのかは誰にもわからない。彼女自身にわかっていたのかどうかさえ怪しいものだ、と僕は思う」と記されるばかりだ。

「僕」は「クラスの女の子」とは十七歳でセックスをして高校卒業直後に別れ、「ヒッピーの女の子」とは彼が二十歳、彼女が十六歳の時に出会って一週間で別れ、「仏文科の女子学生」とは「1969年の8月15日から翌年の4月3日までの間に〔略〕54回のセックスを行い」、彼女は一九七〇年の春に自殺した。三人は十六歳から二十一歳までの「女の子」である。「36」の章で「小指のない女の子」が中絶手術をしてきたと告白し、「〔略〕何も覚えてないわ〔略〕相手の男のことよ〔略〕顔も思い出せないのよ〔略〕誰か好きになったことある？〔略〕彼女の顔を覚えてる？」と尋ねると、「僕」は次のように自問自答する。

僕は三人の女の子の顔を思い出そうとしてみたが、不思議なことに誰一人としてはっきり思い出すことができなかった。

　時間は第二層に移り「39」の章で、二九歳という中年を目の前にした——当時は三〇代は中年と見做されていた——「僕」は、「夏になって街に戻ると〔略〕一人で海を眺め」そして「泣きたいと思う」。九年前に彼女に「誰か好きになったことある？〔略〕彼女の顔を覚えてる？」と尋ねられた時、それ以前に寝た三人の女の子の顔を思い出せなかった「僕」は、二十二歳から二十九歳までの帰郷の際に、海辺で「20歳より幾つか若」い「小指のない女の子」の容姿を思い浮かべていることだろう。「小指のない女の子」は「僕」が以前寝たことのある三人の女の子と同じ年頃であったが、「僕」の帰郷物語の時間第二層から消え去ることにより、彼の心に永遠の面影を残したのである。

　これに対し魯迅「故郷」の楊おばさんは、「わたし」の家の荷造りが始まると、毎日必ずやって来て、離郷二日前に灰の山の中から十数個ものお碗やお皿を掘り出し、これは閏土が埋めたもので、灰を運ぶとき、いっしょに持ち帰るつもりなのだ、という結論に達したという。この話が離郷の船中で老母から「わたし」に伝えられると、「西瓜畑の銀の首輪の小英雄のおもかげは、このうえなくはっきりしていたのが、今となっては、急にぼんやりしてしまった」。

　ここでも彼は少年閏土イメージ消滅の悲哀についてのみ語っており、「豆腐屋小町」に関する新たな感慨を語ろうとしない。実は「わたし」は閏土〝犯人〟説を唱えた後の楊おばさんの驚くべき行動について、母から次のように聞かされているのだ。

楊おばさんは、この発見を自慢にして、いきなり「犬じらし」（養鶏用農具：引用者注）をつかんで〔略〕一目散に逃げていった。底の高い纏足の靴で、よくも駆けられたと思うほど早かった。

当初、「わたし」は若き日の「豆腐屋小町」を回想する際に「一日じゅうすわっていたのだから、こんなコンパスのような姿勢は、見ようにも見られなかったのだ」と語っていた。その往年の若奥さんが「コンパス」と化しただけなく、公然と養鶏用農具を盗み、高底の靴を履いた纏足で飛ぶように逃走する姿に、三十年前から十年続いた清楚なる美女イメージも崩れ去ったことであろう。こうして「わたし」は再び彼女を記憶の片隅に隠匿したのである。

容姿も倫理も崩れながら時間的二層構造を生き抜くことにより、語り手の記憶から隠匿されてしまう楊おばさんもまた、『風』の「小指のない女の子」とは対照的である。

(三) 女性経験豊かな「僕」とイノセントな「わたし」

最後に『風』の語り手の「僕」と魯迅「故郷」の語り手の「わたし」を比べてみよう。

「故郷」では楊おばさんが「わたし」に向かい次のように強要する場面がある。

「おききなさいよ、迅（シュン）ちゃん。あんた、金持ちになったんでしょ。持ち運びだって、重くて不便ですよ。こんなガラクタ道具、なんにもならないでしょ。わたしにくれてしまいなさいよ。わたしたち貧乏人には、けっこう役に立ちますからね」

これに対し「わたし」が「ぼくは金持ちじゃないよ。これを売って、その金で〔略〕」と答えると、楊おばさんはすかさず皮肉を浴びせる。

「おやおや、まあまあ、知事さまになっても金持ちじゃない。げんに、三人もおめかけがいて、お出ましは八人かきの轎（かご）で、それでも、金持ちじゃない。ふん、だまそうたってダメですよ」

めかけや八人かきの轎とは時間的第一層の清朝時代の郷紳（きょうしん）のイメージから派生したものなのだろう。伝統中国の高級官僚選抜試験である科挙（かきょ）は、清代には予備段階の県試・府試・院試の三つの試験に合格して生員（秀才と称された）となると、本試験の科挙受験資格を得られた。生員が本試験の第一段階である郷試に合格すると挙人（きょじん）となり、さらに最終段階の会試・殿試に合格すると進士となり、高級官僚や県知事に任命された。県知事などの官職を辞して田舎に隠退した者や、挙人などは大地主等として地元の県の有力者となり、郷紳と称されたのである。このような有力者たちは往々にして一族繁栄のため、より多くの男児を望むと称して自宅に本妻のほかに第二夫人、第三夫人を娶（めと）り、外出には数人の轎伕（かごかき）が担ぐ高級な轎（かご）に乗っていた。

科挙制度が一九〇五年に廃止されると、日本・欧米への留学が科挙に替わる「昇官発財」（官位が昇り財産ができる）の道となった。楊おばさんは「わたし」に対し「迅ちゃん」と呼びかけており、「故郷」の多くの読者は「わたし」から日本留学経験を持つ作者の魯迅を想像することであろう。なお「迅ちゃん」の原文は「迅哥児（シュンコール）」であり、正しくは「迅坊っちゃん」と訳すべきである。たとえば魯迅は夏目漱石の『坊っちゃん』の題名を「哥児（コール）」と中国語訳している。

楊おばさんの「げんに、三人もおめかけがいて〔略〕」という言葉は、辛亥革命後には教育部（日本の文部科学省に相当）の課長級の職にあった魯迅の実生活とは大きく異なるものの、これは庶民が伝統的進士や挙人、清末・民国期の留学帰りエリートに対して抱いていたイメージと、それほど大きくかけ離れたものではなかったと想像される。

楊おばさんの売り言葉を大げさな嫌みと受け止めたのであろう、「わたし」は沈黙してしまう。そもそも「わたし」にはおめかけどころか妻子の影さえない。母と再会しても、彼の妻子の消息は話題にも上らない。魯迅の実生活には朱安（チュー・アン、一八七八〜一九四七年）という妻がいた。彼女は魯迅の本家筋の親戚の妻の一族の娘で、魯迅の母魯瑞は夫の死後、魯迅が南京の学堂に通っているときに彼女を紹介され魯迅と娶せることに決めたという。一九〇六年七月、東京留学中の魯迅の元に、母危篤の電報が届いたので急いで帰国したところ、すでに婚礼の用意が整っていたともいう。朱安は纏足をしており字も読めず、結婚式の夜が明けて二階の部屋から降りてきた魯迅の顔には涙の跡が見られ、二日目からは一人で書斎で寝ていたという。

同郷の紹興人で、北京師範大学などに通う傍ら魯迅家に親しく出入りしていた兪芳（ユイ・ファン、一九一一年〜不明）の回想によれば、魯迅と朱安とは互いに「大先生」「大師母（先生の奥さま）」と、兪芳のような他人が二人を呼ぶ呼称で呼び合っており、会話もほとんどなく寝室も別にしていた。給料日にクッキーを一袋買ってくる魯迅は、まず母に好きなだけ取ってもらい、次に朱安に取らせ、残りを自室の缶にしまったとされ、そのようすは夫婦と言うよりも兄と妹のようであったという――年齢は朱安の方が魯迅よりも三歳年長ではあるのだが。

「故郷」の語り手「わたし」が当時の通念では中年もしくは初老であったにもかかわらず、独身者の雰囲気を漂わせているのは、彼に魯迅の実人生が影を落としているためなのかもしれない。本章ですでに「わたし」について「少年時代の記憶に深く囚われて、人生観や異性観においてイノセンスを保つ人物」と指摘したが、彼は女性との付き合いに不慣れな人物であるとも見受けられる。

　これに対し、村上『風』の語り手「僕」は、すでに見てきた通り、二十一歳にして豊かな女性経験を持っている。その経験の豊かさは、ユーモラスな会話能力からも窺える。たとえば「小指のない女の子」がひとり住まいする「六畳ばかりの部屋に安物の家具をひととおり詰めこんだ」家に、初めて招かれて夕食を共にする時のこと、動物好きで「生物学」を専攻している「僕」に、彼女はテレビ番組で得た「パスツールは科学的直感力を持っていた」という知識を話題にする。そして「僕」に「科学的直感力って〔略〕あなたにはある？〔略〕あればいいと思う？」と尋ねる。これに対する「僕」の答えは「何かの役には立つかもしれないな。女の子と寝る時に使えるかもしれない」であった。

　そんな「僕」を「小指のない女の子」は「あなたって確かに少し変ってるわ」と称して好意を深め、悩みや苦しみを打ち明けるようになるのであった。

　別の場面ではあるが、「あんたより20も年上だし、その分だけいろんな嫌な目にもあってる」ジェイズ・バーのジェイから、「あんたにはなんていうか、どっかに悟り切ったような部分があるよ」とも評されている。

　このように『風』の「僕」は「故郷」の「わたし」の半分ほどの年にもかかわらず、女性関係や人生において遥かに成熟しているのである。

村上『風』と魯迅「故郷」とのそれぞれ四人の主要登場人物は、すべて対照的に描かれている。「故郷」では中年晩期に至るも未熟でイノセントな「わたし」が、閏土と楊おばさんの複雑な内面の一端を垣間見る一方、『風』では若くして成熟した「僕」が「鼠」や「小指のない女の子」の深い悩みの練熟した聞き手となっており、この点も対照的である。そしてその後の村上作品では、語り手の「僕」は「鼠」や「小指のない女の子」、あるいは彼らと系譜関係にある人物の苦しみを分けあいながら人生の冒険に乗り出すことになるだろう。また在日中国人ジェイの苦悩も語られることであろう。

第3章　裏切りと再会、遠い中国と懐かしい日本

（一）上海で自分の埋めた地雷を踏む叔父

『風の歌を聴け』（以下『風』と略す）において「1」の章は序文に相当する。この章の冒頭に掲げられている「完璧な文章などといったものは存在しない。完璧な絶望が存在しないようにね」という一句が、村上春樹の魯迅への共感を語っていることについては、本書第1章で述べた。

この一句に続けて『風』の主人公「僕」は、「文章についての多くをデレク・ハートフィールドに学んだ」と語り、このアメリカ作家――実は架空の人物なのだが――は「文章を武器として闘うことができる数少ない非凡な作家」であったが、「最後まで自分の闘う相手の姿を明確に捉えることはできなかった」とも述べている。続けてハートフィールドの作品を「僕」が「中学三年生の夏休み」の時に叔父がくれたこと、そしてその三年後、すなわち物語の現在から四年前に

叔父は「腸の癌を患い、体中をずたずたに切り裂かれ」て死んだことに触れている。その後に突如として日中戦争にちなむ次の一節が現れるのである。

僕には全部で三人の叔父がいたが、一人は上海の郊外で死んだ。終戦の二日後に自分の埋めた地雷を踏んだのだ。ただ一人生き残った三人目の叔父は手品師になって全国の温泉地を巡っている。

二人目の叔父が戦後に自分の埋めた地雷を踏んだというのは自殺であったのか、それとも事故であったのか、この死因について「僕」は何も語っていない。この二人目の叔父はおそらく日本軍兵士として中国への侵略戦争に動員されていたのであろう。『風』から四十年後に発表する回想記『猫を棄てる』で、村上は彼の父は六人兄弟で、「三人は兵隊にとられたが」と述べている。これについては第7章で詳述したい。

『風』「1」の章で突然、読者に向かい叔父の上海での敗戦直後の死を語った「僕」は、物語の終末部、「38」の章で再びこの叔父の死について語り出す。その時の「僕」は故郷の海辺の街で十八日間の夏休みを過ごして、親友の「鼠」と旧交を温め、「小指のない女の子」という新しい恋人を得たのち、テストを受けるため東京の大学へと帰って行くところであった。「僕」がその日の夕方、「スーツ・ケースを抱えたままジェイズ・バーに顔を出し」別れの挨拶をすると、ジェイがフライド・ポテト用の芋をむきながら次のように問いかける。


「東京は楽しいかね。」

「どこだって同じさ。」

「だろうね。あたしは東京オリンピックの年以来一度もこの街を出たことがないんだ。」

「この街は好き？」

「あんたも言ったよ。どこでも同じってさ。」

「うん。」

「でも何年か経ったら一度中国に帰ってみたいね。一度も行ったことはないけどね。……港に行って船を見る度(たび)そう思うよ。」

「僕の叔父さんは中国で死んだんだ。」

「そう……。いろんな人間が死んだものね。でもみんな兄弟さ。」


ジェイとは「僕」が高校生の頃から通っていたジェイズ・バーの経営者兼バーテンであり、

「僕」と「鼠」の二人にとって最も心の通い合う話し相手であり、そして中国人でもあるのだ。

（二）ジェイズ・バーの戦争の記憶

ジェイは『風』、『１９７３年のピンボール』『羊をめぐる冒険』（以下『羊』と略す）のいわゆる青春三部作で重要な脇役として登場している。この三部作に登場する「僕」と「鼠」とジェイの三人が共に同名異人ではないという仮定で、三作における断片的な会話や語りをまとめると、三人の生年はそれぞれ「鼠」が一九四八年九月、「僕」が同年十二月二十四日であるのに対し、二十歳年長というジェイは一九二八年生まれとなる。年回りから言えば、ジェイは「僕」の叔父さんと同世代といえよう。

だがジェイとははたして、単なる物わかりのよい外国人マスターにすぎないのだろうか。『羊』における「僕」の語りによれば、そもそも「ジェイの本名は長たらしくて発音しにくい中国名」であり、「ジェイというのは彼が戦後米軍基地で働いている時にアメリカ兵たちがつけた名前だった。そしてそのうちに本名が忘れ去られてしまった」。つまりジェイという在日中国人は、日本占領軍のアメリカ兵により英語名を命名されて中国名を失ったのである。

このアメリカ名で呼ばれる中国人は、戦後の中国とアメリカとの関係に翻弄されてきた様子でもある。「僕が昔ジェイから聞きだした話」「僕がジェイについて知っていることのすべて」によれば、ジェイの略歴は以下の通りである。

彼は一九五四年に基地の仕事をやめてその近くに小さなバーを開いた。これが初代のジェイズ・バーである。バーは結構繁盛した。客の大半は空軍の将校クラスで、雰囲気も悪くなかった。店が落ちついた頃にジェイは結婚したが、五年後に相手は死んだ。死因についてはジェイは何も言わなかった。

一九六三年、ベトナムでの戦争が激しくなってきた頃にジェイはその店を売って、遠く離れた僕の「街」にやってきた。そして二代めのジェイズ・バーを開いた。

一九四五年の太平洋戦争終戦後、米軍は敗戦国の日本に占領軍として君臨した。その軍事基地で働くジェイは、五〇年に朝鮮戦争が勃発すると、朝鮮半島に出撃する多くの米軍将兵を見送ったことだろう。そうして稼いだ資金で朝鮮戦争休戦の翌年に在日米軍基地付近にバーを開いたのであろう。この年にはインドシナで対フランス戦争（一九四六〜五四年）が終結したが、ベトナムは停戦協定により北緯一七度線で南北に分断されてしまった。翌年にはアメリカは南ベトナムに軍事援助を開始し、六〇年にはベトナム戦争が始まった。「ジェイズ・バー」が基地を離れて僕の「街」にやってきた六三年とは、米軍がベトナム戦争に直接介入した年であり、その後六七年には米軍派遣兵力は五十万に達した。

中国は朝鮮戦争に際しては人民義勇軍を送ってアメリカと交戦しており、三年間に参戦した中国軍は延べ五百万、死傷者は六十万から九十万に上ると推定されている。ベトナム戦争でも中国は、共産党支配下の北ベトナムに対し大量の援助を送っていた。

朝鮮半島とベトナムにおける二つの戦争は、東アジアをめぐる中国とアメリカとの戦争でもあり、二つの戦争で在日米軍基地は大きな役割を果たした。だがジェイは祖国の軍隊と交戦しているアメリカ軍のために最初は軍事基地で働き、その後は基地周辺で米軍将兵を顧客とするバーを経営していたのである。それが単に生計のための方便であったのか、共産主義政権に対する批判意識に基づく自覚的アメリカ軍支持の行為であったのかは不明である。

いずれにせよ、「僕」の口から「叔父さんは中国で死んだんだ」と聞いた時、ジェイはおそらくその叔父が日中戦争との関わりで亡くなったことを察し、自らの米軍との関わりを思い出した上で、「いろんな人間が死んだものね。でもみんな兄弟さ」と複雑な心境で応じているのだろう。

ジェイは「僕」より「20も年上」で中国・朝鮮・ベトナムを主戦場とする三大戦争に対して間接的にではあれ被害者加害者の双方として関わっており、「その分だけいろんな嫌な目にもあって」いるといえよう。そしてジェイは「老婆心」よろしく、その夜、東京に戻るという「僕」に「ビールを何本かごちそうしてくれ、おまけに揚げたてのフライド・ポテトをビニールの袋に入れて持たせ」てこう言うのだ。

「いいのよ。気持ちだけ。〔略〕でも、みんなあっという間に大きくなるね。初めてあんたに会った時、まだ高校生だった」

ジェイは戦争を記憶し続けようとする青年たちを、彼らの脇で見守る人生経験の豊かな叔父のような人物でもあるのだ。そして「ジェイズ・バー」とは、日中戦争から朝鮮戦争、ベトナム戦争という二〇世紀の半ばに東アジアで日中米の三カ国が入り乱れて戦った戦争体験を記憶する場でもあるといえよう。

ジェイズ・バーを出た「僕」は東京行き夜行バスの待合所のベンチに座り、遠い汽笛が運んでくる微かな海風に包まれて、消えゆく街の灯を眺める。そして乗車時には、こんな場面に遭遇する。

バスの入口には二人の乗務員が両脇に立って切符と座席番号をチェックしていた。僕が切符を渡すと、彼は「21番のチャイナ」と言った。

「チャイナ?」

「そう、21番のC席、頭文字ですよ。Aはアメリカ、Bはブラジル、Cはチャイナ、Dはデンマーク。こいつが聞き違えると困るんでね。」

彼はそう言って座席表をチェックしている相棒を指さした。〔略〕

聞き違えを防ぐためCをチャイナと読みあげる乗務員たちの工夫を、「僕」は東アジアの戦争をめぐる記憶を失うことのないように、と注意を促す言葉として聞いたことであろう。「肯いて」バスに乗り込んだ「僕」は「21番のC席に座ってまだ暖かいフライド・ポテトを食べ」るのであった――「21」歳の中国の記憶を胸の内で反芻するかのように。

「僕」が耳を傾けて聴く風の歌とは、海岸で「小指のない女の子」と聞いた「突堤にぶつかる小さな波の音そして〔略〕遠い汽笛」という失われた恋のメロディーであると共に、歴史の記憶の歌声でもあるようだ。

㈢　中国系女性との「逆説的」恋愛

村上春樹の短篇「シドニーのグリーン・ストリート」（以下「シドニーの」と略す）は、一九八二年十二月文芸誌『海』に発表、八三年村上最初の短篇集『中国行きのスロウ・ボート』に収録された。主人公の「僕」は「あり余るほど金」を持つが、「シドニーでもいちばんしけた通り」のグリーン・ストリートで遊び半分に探偵事務所を開き、近所の「ピザ・スタンドでビールを飲みながらウェイトレスの「ちゃーりー」と世間話をして」毎日を過ごしている。「「ちゃーりー」は僕よりいくつか年下の可愛い女の子だ。中国人の血が半分混っている。シドニー広しといえど、中国人の血が半分混っている女の子なんて「ちゃーりー」の他にはいない」という「僕」の一人語りで物語は進行していく。

ある日、「ちゃーりー」の紹介で「羊男」が「羊博士」に取られた「羊の衣裳の右側の耳」をとりかえしていただきたい、と依頼に来たので、「僕」は「ちゃーりー」の助けを得てこの事件を解決する。そんな「冒険」の途中で「この人は私の恋人なのよ」という「ちゃーりー」の言葉を聞いた「僕」は、彼女をデートに誘い映画館に入るが――。

このように「シドニーの」とは、「僕」と、中国系混血女性との恋と冒険の童話である。私が同作を童話と呼ぶのは、そもそもこの作品が文芸誌『海』の別冊臨時増刊『子どもの宇宙』に発表されたものであるからだ。

それにしても村上はなぜこの童話の舞台をオーストラリアはシドニーのグリーン・ストリートに設定したのだろうか。童話の題名について、村上は「この作品もタイトルから始まった。シドニー・グリーンストリートは言うまでもなく『マルタの鷹』に出てきた名優の名前である。僕は『マルタの鷹』を見たときからいつか『シドニーのグリーン・ストリート』という題の小説を書きたいと思っていたのだ」と語っている。

映画『マルタの鷹』（THE MALTESE FALCON）とはジョン・ヒューストン監督による一九四一年の作品で、ハンフリー・ボガートが演じる私立探偵と怪しい男たちや、依頼者の女性によるマルタの鷹と呼ばれる彫像をめぐる争いを描いている。男優のシドニー・グリーンストリート（Sydney Greenstreet）が敵役を好演した。

ハリウッド俳優の名前にヒントを得て舞台を南半球に設定したことがきっかけなのだろうか、村上は現実とは逆転した想像の街「グリーン・ストリート」へと大胆に足を踏み入れていく。冒頭から童話主人公の僕はグリーン・ストリートを「狭くて混みあっていて汚なくて貧乏たらしくて嫌な匂いがして環境が悪くて古くさくて、おまけに気候が悪い」と語るのだが、本来のシドニーは「景観の美しさ、温暖な気候などから、常に住みたい街の上位にランキングされる憧れの街」である。そもそもシドニー市内にはグリーン・ストリートは実在せず、同じ名称の通りがシドニー郊外の Cremorne Point や Banksmeadow、Tempe、Brookvale などの町に点在してはいるようだが、おそらくこれらのグリーン・ストリートはシドニー郊外の町らしくこざっぱりとしていることだろう。

さて「僕」によれば、グリーン・ストリートの気候が「夏はひどく寒いし、冬はひどく暑い」と悪いのは、まさにシドニーが南半球に所在するからである。いや、正確に言えば、「南半球と北半球では季節が逆」になるのだが、「僕」は「まわりの人々の固定観念を打ちこわすためにも十二月から二月までを冬と呼び、六月から八月までを夏と呼んでいる」からなのだ。

このような「僕」の転倒した論理は、言語表記でも貫徹されている。事務所の看板を「しりつたんてい。やすくひきうけます」と平仮名で書いているのは「シドニーのグリーン・ストリートには漢字を読める人間なんてただの一人もいやしないから」と言うのだが、英語圏のオーストラリアに平仮名を読める人間もそう多くはおるまい。

それでも「シドニー広しといえど、中国人の血が半分混っている女の子なんて「ちゃーりー」の他にはいない」というのは、当時ではそれほどの極論ではなかったろう。オーストラリアの中国系住民は現在でこそ百二十一万人を超えている。それは一九八〇年代後半からの中国語圏からの移民増加によるもので「シドニーの」執筆当時の八〇年代初めは、十万人を大きく下回っていたとみられる。「ここで注目したいのは、「中国人の血が半分混っている女の子」「ちゃーりー」の別の半分の血がどの国籍に属するのか、「僕」が明らかにしていないという点である。中国人がほとんどいなかった国でありながら、ヒロインが白人ではなく中国系である、という人種的転倒こそが「僕」にとっては重要なのであろう。

そして「ちゃーりー」すなわちCharlieとは「男性名Charlesまた女性名Charlotteの愛称」であり、この混血女性は男性でもあり得るように名付けられているのだ。実際に「ちゃーりー」は活発な女性である。「僕」と「ちゃーりー」が怪しい羊博士の家を訪問すると葡萄ジュースが出される。「グラスが汚れていたので僕は半分しか飲まなかった」にもかかわらず、「ちゃーりー」は「かまわずにぜんぶ飲んで、氷までかじ」る。さらには心理学の論理で羊博士の犯行の動機を解明し、捜索中の「羊の衣裳の右側の耳」に関して、博士から「うん、実は『ちゃーりー』の店の冷蔵庫に放り込んどいたのよ。サラミに混ぜてな」という自白を得るや、「羊博士がぜんぶ言い終らないうちに「ちゃーりー」は手もとにあった花びんをつかんで羊博士の頭のてっぺんを思いきりなぐ」るという、男性探偵も顔負けのハードボイルドを演じてみせる。

「シドニーの」とは、「あり余るほど金」を持ちながら「シドニーでもいちばんしけた通り」に隠棲し、探偵でありながらドジで弱虫で、北半球とは反対の南半球の気候を再逆転させて夏を冬と称する「僕」が、中国名を漢字表記せずまた欧米人風のファーストネームを「チャーリー」と片仮名表記せずして「ちゃーりー」と平仮名表記しながら、女性Charlotteというよりも男性Charlesのごとくたくましい中国系混血女性に恋をする物語なのである。このように全篇を通じて幾重にも設定された逆説的な恋物語は、「僕」が「ちゃーりー」をデートに誘った映画館で次のような結末を迎える。

暗闇の中で僕は彼女にキスしようとした。彼女はハイヒールのかかとで、僕のくるぶしを思いきりけとばした。すごく痛くて十分くらい口がきけなかった〔略〕「あんたがしりつたんていなんてばかなことやめて、立派な職について、貯金くらいするようになったら、もう一度考えてもいいわよ」と「ちゃーりー」は言った。

「ちゃーりー」は「僕」に「うんざりするくらいの貯金がある」ことを知らず、いっぽう「僕」も「ちゃーりー」が勧める職業の「印刷工になってもいいと思う」が「今のところ僕はまだ私立探偵で、シドニーのグリーン・ストリートにある事務所のソファに寝転び、客が来るのを待ちつづけている」のである。ちなみに二人が見る映画とはルキノ・ヴィスコンティ監督『ルードウィヒ』（一九七二年）で、失恋後の享楽的暮らしの末に幽閉されて死んだドイツ・バイエルンの「狂王」ルードウィヒ二世の物語である。なお同名の貴族が後述のガルシア・マルケスの短篇小説に登場している。

つまり「シドニーの」とは転倒した街を舞台に、転倒した観念の「僕」が転倒した血統国籍名前の中国系女性を愛して待ち続ける逆説的恋物語といえよう。羊博士の犯行の動機を、「フロイトとかユング」を読んでいる「ちゃーりー」は、「願望憎悪〔略〕あなたは本当は自分も羊男になりたいのよ。でもそれを認めたくないから羊男を逆に憎むようになったのね」と分析しているが、転倒した博士の心理もまた「シドニーの」という逆説的な恋愛童話のエピソードとしてふさわしい。

「僕」と中国系女性との恋愛が小説として描かれなかったことを、私なりに「ちゃーりー」の心理分析を模して語れば次のようになるであろう――逆説的な欲望〔略〕あなたは本当は中国系女性との恋愛も書きたいのでしょう。でもそれを認めたくないから逆説的な童話で書いてみたのね。

語ることのできない願望を何気ないエピソードに託して示唆する――このような中国をめぐる逆説的願望は、実は村上春樹の他の作品にも現れており、これらの中国関係作品群は、村上の中国への屈折した思いを示唆しているのではないだろうか。「シドニーの」は短篇集『中国行きのスロウ・ボート』（以下『中国行き』と略す）の末尾に置かれた作品であるが、この短篇集冒頭を飾る表題作「中国行きのスロウ・ボート」（以下「中国行き」と略す）は中国人女性とビートルズ・ナンバーに合わせ「体を寄せ合うように「アンド・アイ・ラヴ・ハー」を踊」る恋物語でもある。「中国行き」の二度にわたる書き換えに関しては、第六節以下で詳述したい。

そして、今、私が用いた「逆説的な欲望」という言葉は、実は同作の主人公「僕」が作品末尾の「喪失と崩壊のあと」に、中国人に対する裏切りの自覚を経て到達する諦観であり、しかもそれと同時に「中国行き」の船を待とうという決意でもある。私たちも短篇集『中国行き』の最終話「シドニーの」から第一話「中国行き」へと転倒しつつ、村上春樹が描く日本人の「僕」と中国人とのすれ違いの物語を解読してみよう。
ただしその前に、魯迅作品を参照しておきたい。

(四) 異国の学校の教師

十代の村上春樹が愛読していたとおぼしき『世界文学全集 47』には、魯迅が日本留学時代の恩師を回想した作品「藤野先生」(一九二六年作)が収録されている。一九〇二年に東京へやってきた魯迅が見たものは、弁髪(べんぱつ)を頭上高くグルグル巻きにして学生帽を載せ上野公園で花見をしたり、留学生会館の洋間でドスンドスンとダンスの講習を受ける「清国留学生」たちで、魯迅はこんな東京に見切りをつけて中国人のいない仙台の医学専門学校を志望したという。

仙台医専では変人で知られる解剖学教授の藤野厳九郎から毎週ノートを赤ペンで訂正するという懇切な指導を受けたおかげで、魯迅は百余名中、中ほどの成績で落第することなく二年生へと進級できたが、ノート添削の際に藤野先生が出題箇所に印をつけていたという試験問題漏洩の噂が広まり、「なんじ悔い改めよ」という匿名の手紙が届く始末であった。それでも魯迅が先生に報告するいっぽう、友人の級友たちも抗議したのでこの噂も立ち消えとなった。

続けて幻灯事件が起きる。当時医学校では講義用に幻灯写真を用いていたが、授業時間が余ったときなどは日露戦争の「時局幻灯」を映して学生に見せていた。そのような教室で、ある日魯迅は、ロシア軍スパイを働いた中国人が中国人観衆の見守る中で日本軍兵士によって銃殺される場面に遭遇したという。処刑される者も見守る者も、魯迅の同胞たちはすべて体格は屈強だが顔つきはうすぼんやりとしていた。魯迅は「藤野先生」では一言「考えは変わったのだ」と述べるだけだが、彼の第一作品集『吶喊』の「自序」では、屈折した長文で――原文は二文合計百四十七字――次のように述べている。ちなみに「藤野先生」は一九二六年十月執筆、「『吶喊』自序」はその四年前の二二年十二月の執筆である。また「『吶喊』自序」は村上が中高時代に愛読していた河出書房版『世界文学全集』には収録されていないので、拙訳を引用する。

　この学年の終わりを待たずに、私が早くも東京に出てしまったのは、あのとき以来、私には医学は大切なことではない、およそ愚弱な国民は、たとえ体格がいかに健全だろうが、なんの意味もない見せしめの材料かその観客にしかなれないのであり、どれほど病死しようが必ずしも不幸と考えなくともよい、と思ったからである。それならば私たちの最初の課題は、彼らの精神を変革することであり、精神の変革を得意とするものといえば、当時の私はもちろん文芸を推すべきだと考え、こうして文芸運動を提唱したくなったのだ。

魯迅が二年を終えて（実際はいまだ第三学期を残した第二学期の終わり近くの一九〇六年三

月）藤野先生に医学の勉強をやめたいと申し出ると、先生は無言のまま悲しそうな顔を見せて、裏に「惜別」と記した自分の肖像写真を与え、魯迅にも写真をくれないかと頼んだが……

恩師藤野先生との出会いと別れ、そして医学から文学への転向をつづった感動的な作品である。別離からおよそ三十年後の一九三四年に増田渉が岩波文庫『魯迅選集』（佐藤春夫と共訳、一九三五年）の収録作品について意向を聞いたとき、魯迅は「藤野先生」だけはぜひ入れて欲しいと希望した。それは文庫版刊行によって先生の消息が分かることを期待してのことだった。

もっともこの作品には「記憶」のまちがい、あるいはフィクション化された部分もあり、エッセーというよりは自伝的小説と呼ぶ方がふさわしいことだろう。

この自伝的小説で、魯迅は自分が仙台を去って東京に向かうに際して、藤野先生の期待を裏切り嘘を言った、と次のように記している。


「わたしは生物学を習うつもりです。先生の教えてくださった学問は、やはり役に立ちます」実はわたしは、生物学を習う気などなかったのだが、彼がガックリしているらしいので、慰めるつもりでうそを言ったのである。／「医学のために教えた解剖学の類は、生物学にはたいして役に立つまい」彼は嘆息して言った。

魯迅が「うそを言った」のは、藤野先生の期待に対する自らの裏切りを自覚していたからであろう。先生の希望について、魯迅は次のように述べている。

わたしにたいする熱心な希望と、倦まぬ教訓とは、小にしては中国のためであり、中国に新しい医学の生まれることを希望することである。大にしては学術のためであり、新しい医学の中国へ伝わることを希望することである。

魯迅は別れの場でうそを言ったばかりでなく、その後も藤野先生の希望を裏切り続けてしまったともいう。

出発の二、三日前、彼はわたしを家に呼んで、写真を一枚くれた。裏には「惜別」と二字書かれていた。そして、わたしの写真もくれるようにと希望した。あいにくわたしは、そのとき写真をとったのがなかった。彼は、後日写したら送るように、また、ときおり便りを書いて以後の状況を知らせるように、としきりに懇望した。

仙台を去って後、わたしは多年写真をうつさなかった。それに状況も思わしくなく、通知すれば彼を失望させるだけだと思うと、手紙を書く気にもなれなかった。年月が過ぎるにつれて、今さら改まって書きにくくなり、そのため、たまに書きたいと思うことはあっても、容易に筆がとれなかった。こうして、そのまま現在まで、ついに一通の手紙、一枚の写真も送らずにしまった。彼のほうから見れば、去ってのち杳として消息がなかったわけである。

遠隔地の学校で異国の先生に出会い、先生の期待、希望を裏切ってしまう生徒の回想——こんな「藤野先生」のような小説を実は村上春樹も書いているのだ。彼の短篇小説第一作「中国行き」がそれである。

(五) 魯迅『野草』と村上「中国行きのスロウ・ボート」

「中国行き」は「シドニーの」と同様に先ず文芸誌『海』の一九八〇年四月号に発表され、次にほかの六本の短篇とともに単行本の第一短篇集『中国行き』にまとめられて一九八三年五月に刊行、そして一九九〇年に『村上春樹全作品1979〜1989③』に再度収録されている。

「中国行き」は村上春樹が最初に書いた短篇小説であり、自らの第一短篇集の表題に同作の題名を用いたことから、彼の深い思い入れがうかがえよう。その思い入れのためであろうか、村上は同作に対して初出誌版から単行本版へ、そして全作品版へと収録する際に二度の大幅な書き換えを行っている。

「1」から「5」までの全5章で構成される「中国行き」とは、語り手の「僕」が小学時代、大学時代、そして二八歳で出会った三人の中国人に関する物語である。

「1」の章は「最初の中国人に出会ったのはいつのことだろう?」という問いかけで始まり、「記憶力はひどく不確か」な「僕」には「小学校時代〔略〕をとおしてきちんと正確に思い出すことのできる出来事」は、「中国人の話」と野球の試合で脳震盪を起こしたことだけ、そして後者から死について考え、「死はなぜかしら僕に、中国人のことを思い出させる」と結ばれる。

ここまでは単行本・全作品両版に変わりはないのだが、実はそれは初出誌版を二六行削除した結果なのである。初出誌版では脳震盪を境として「僕の記憶は行く先先で確実にその舳先を暗礁に乗り上げるようになった〔略〕僕と僕の過去はお互いに別れを告げることになった」という回想に続けて、「どうも俺たちはあんたなしでも上手くやってけそうな気がするんだが、と彼は言った。〔略〕悪くないじゃないか、と僕は言う。／〔略〕でもね、こう思っててくれよ、我我が別々の途を辿るとしても、我々の友情はいつまでも続くってね」という僕の内面における過去との別れと友情をめぐる対話が語られていた点を心に留めておきたい。

そのひとつの理由は、「中国行き」が「友よ、中国はあまりに遠い」という「友」への呼びかけの一行で結ばれているからである。もうひとつの理由は、すでに本書第1章で指摘したように、魯迅の散文詩集『野草』が村上の『風』に色濃い影を落としており、「中国行き」から消去された初出誌版の一節「僕と僕の過去はお互いに別れを告げることになった〔略〕」は、『野草』の内の一章である「影の告別」に対する村上の回答とも読めるからである。魯迅が一九二四年に記したこの散文詩は、「人が眠りにおちて時さえ知らぬとき、影が別れに来て告げる言葉は」と始まり、影の「きみ」に対する次のような訣別の言葉が綴られているのだ。

わたしのきらいなものが天国にあれば、わたしは行くのがいやだ。わたしのきらいなものがきみたちの未来の黄金世界にあれば、わたしは行くのがいやだ。／だが、きみこそわたしのきらいなものだ。／友よ、わたしはきみに従いたくない。〔略〕わたしはただの影だ。きみに別れて暗黒のなかに沈もうと思う〔略〕

魯迅『野草』に関しては九州大学教授の秋吉收による『魯迅―野草と雑草』（九州大学出版会、二〇一六年）という優れた研究書がある。同書で秋吉は「影の告別」に四章を割いて、同作がインドの詩人で一九一三年にノーベル文学賞を受賞したタゴール（一八六一～一九四一年）と中華民国期の代表的詩人徐志摩（シュイ・チーモー、一八九七～一九三一年）、魯迅の弟の周作人（チョウ・ツオレン、一八八五～一九六七年）、そして佐藤春夫（一八九二～一九六四年）らから受けた深い影響を指摘している。特に徐志摩はタゴールを崇拝し、彼の一九二四年の中国訪問に際してはホスト役のひとりを務めたいっぽうで、魯迅の論敵であった。魯迅は徐が崇拝するタゴールにも批判を加えているが、実は散文詩の名作「影の告別」の成立に際しては、このタゴールと徐志摩の詩から大きな影響を受けている点を秋吉は論証したのである。
魯迅がタゴールに対する屈折した共感を抱いた背景については、秋吉は以下のようにまとめている。

タゴールの詩を彩る暗闇の形象は、無論、中国とは異なるものである。肉親や愛する者たちと次々に離別、死別するというタゴール自身の経験、そして夫人殉葬のサティに象徴されるような伝統的な習慣・風習などインド社会自体の問題、さらには一九四七年まで二世紀にも及んだ、イギリス植民地として蹂躙される国家全体の暗黒、閉塞感がタゴールの文学全体を貫いている。だがそれは、抜き難い封建道徳と抗い、アヘン戦争以来、欧米列強さらには日本から侵略される当時の中国の現実にそのまま重なるものであった。翻訳に携わった鄭振鐸や王統照、そして徐志摩や魯迅ら中国の文人たちは、そこに強く共感するとともに自己を投影したことであろう。

魯迅「影の告別」に共感を寄せた村上もまた、日本社会に対し「暗黒、閉塞感」を抱いていたのであろうか。この問題は村上の〝デタッチメント〟と〝コミットメント〟という生き方にも関わるものであり、第5章で詳しく考察したい。

（六）中国への背信と原罪

村上の「中国行き」「2」の章は小学生の「僕」が模擬テスト受験のため、会場の「世界の果ての中国人小学校」へ「おそろしく暗い気持」で出かけて行くと、「監督官」は中国人教員だったという回想である。教員は教壇から「中国と日本は、言うなればお隣り同士の国〔略〕努力さえすれば、わたくしたちはきっと仲良くなれる、わたくしはそう信じています。でもそのためには、まずわたくしたちはお互いを尊敬しあわねばなりません。それが〔略〕第一歩です」と諭しながら、みなさんも机に落書きされたりしたら嬉しいですか、と窓際最前列に座っていた「僕」を指さして問う。「わかりましたか？」と念を押す教員に教室の生徒たちは「はい」と答えるが、指差された「僕には口を開くことすらでき」ず、「監督官」は「顔を上げて胸をはりなさい〔略〕誇りを持ちなさい」と督励した。「僕」は二十年後の現在では試験の結果は忘れたが、中国人教師とその言葉だけは思い出せる、という回想で全作品版「2」の章は終わる。

この「2」の章は、遠隔地の学校で異国の先生に出会い、先生の期待、希望を裏切ってしまう生徒の回想という構造において、魯迅「藤野先生」と相似している。だが村上春樹は「中国行き」を日本の生徒と中国の先生とのすれ違いの物語に終わらせずに、さらに「3」の章で日本人と中国人の若者どうしの恋愛物語へと展開していく。そのための伏線であろうか、初出誌版から単行本版への改版時に「2」の章には次のような三十二行もの後日談が加筆されていたのであり、そしてそれは全作品版への改版時に削除されたのである。

単行本版によれば、「僕」が六〜七年後の高三時にデートしたクラス・メイトも同じ日に同じ会場でテストを受けており、「僕」は彼女に落書きはした？と幾度も問うが、彼女は覚えておらず「ねえ、本当に思い出せないのよ〔略〕そう言われてみればしたような気がしないでもないけど、そんなの昔のことだから〔略〕」と笑いながら答える。彼女を家まで送り届けたあと、「僕」は「月曜日の朝、自分の机の上に誰かの落書きを発見した中国人の少年のこと」を思い浮かべ「沈黙。」する——このような一段が単行本版に加筆されていたのである。この一段は初出誌版ではやや短く、「落書きはした？」という「僕」の問いは一度だけ、彼女の答も「そうね、したかもしれないわ」と素っ気ない。

「落書き」は「最初の中国人」の教師に対する裏切りであり、デート相手への不毛な問いかけに続く「沈黙。」という結びは、「記憶力はひどく不確か」な「僕」が、実は自分は罪を犯していたのではないか、と無意識の世界、あるいは忘却の過去へと降りていく過程を示唆しているといえよう。その忘却の過去への下降とは、初出誌版「1」の章で「僕」が「お互いに別れを告げ」

た相手である「僕の過去」と再会することを意味しており、「僕」が彼との間の「友情」を確認していることにもなるのだ。

このような「僕」の原罪意識が初出誌版から単行本版への書き換えに際しより深く加筆されていたこと、それにもかかわらず全作品版ではすべて削除されたのは興味深い。

中国人への罪というテーマは、大学時代の記憶を語る「3」の章でも繰り返される。「僕」は東京の大学生となり、二年生の春に三週間のアルバイト中に同じく十九歳の在日中国人の女子大生と知り合い、最後の夜にデートし、ディスコで踊る。だが駒込で同居している兄が門限に厳しいので帰宅するという彼女を新宿駅で反対方向の山手線に乗せてしまう。そこで駒込駅に先回りして間違いを詫び、再会の約束をとりつけるものの、彼女の電話番号を控えた紙マッチをうっかり棄ててしまう、という物語である。

この「3」の章にもやはり単行本・全作品両版収録時の二回、大幅な加筆削除が行われている。その一つは全作品版での「僕には高校時代からつきあっているガールフレンドがいた」がだんだん疎遠になっており、「彼女は神戸にいて」「僕は東京にい」たという一段の加筆であり、これは初出誌版と単行本版共に存在していなかった。在日中国人女性をデートに誘うときの心の動揺を全作品版の「僕」は「まだ十九〔略〕いちばん人生を楽しみたい年齢だった」と説明するが、一〇行にもおよぶ加筆は単なる心理的補足説明ではあるまい。そもそも全作品版で登場する神戸のガールフレンドとは、本来、初出誌・単行本両版で登場していたものの全作品版で消失した「港街」高三のクラス・メイトを連想させる。しかも彼女には「落書き」の無自覚的共犯者の可能性もあるのだ。

　神戸のガールフレンドに関する加筆は、ついうっかり間違えたんだ、「君と一緒にいてとても楽しかった」と謝る「僕」に、中国人女学生が「嘘よ。私と一緒にいたって楽しくなんかないわ。そんなはずないわよ。それは自分でもよくわかるのよ。あなたが本当に間違えたんだとしても、それはあなたが実は心の底でそう望んでいたからよ」と指摘する伏線ともなりえよう。この彼女の言葉の中の「そんなはずないわよ。それは自分でもよくわかるのよ。〔略〕実は」の三句も初出単行両版への加筆であり、「本当に」にも傍点が加えられているのだ。

（七）中国を放浪する「僕」

「4」の章は結婚してから六年、「幾つかの希望を焼き捨て、幾つかの苦しみを分厚いセーターにくるんで土に埋め」てきた「二十八」歳の「僕」が、高校時代の中国人同級生と偶然再会する物語である。この級友を思い出せない「僕」に対し、彼は「昔のことを忘れたがってるんじゃないのかな、それは。潜在的に、というかさ」と指摘し、自分は「昔のことを本当にひとつ残らず覚えてる」とも語り、中国人を相手に百科事典の訪問販売をしていると自己紹介する。「とくに理由もなく、なんだか不思議に懐かし」く思う「僕」は「余裕ができたら買うかもしれない」と住所を渡すが、昔の級友は「ひととおり回っちゃったら、あとはもう仕事がなくなって〔略〕次は中国人専門の損害保険かな。それとも墓石のセールスかな」と答えて去っていく。

この「4」の章も二度にわたり多くの添削が施されている。たとえば初出誌・単行本両版には「突然冒頭に太平洋戦争中の激戦の島のジャングルの空き地で鉢合わせした日米の兵士二人は〔略〕二本指をあげてボーイ・スカウト式」の答礼・敬礼をして黙って原隊へと戻った、というエピソードが置かれ、これから語る「僕」と中国人同級生との「出会い」の例とされている。実際のボーイ・スカウトの敬礼はVサインではなく「三つの誓い」に基づく三本指であり、誓いの対象は女王や神、国家、友人などと国や時代により異なるが、忠誠・忠実を誓う点では一致している。こうして「4」の章は冒頭から中国人を裏切る物語ではないことを示唆しているかのようだ。

実際に、前の二人の中国人が教師として「僕」に教訓を与え、あるいは異性の魅力で「僕」の恋情を掻き立てるものの、結果的には「僕」に裏切の罪悪感を抱かせているのと異なり、第三の中国人と「僕」とは平穏に別れている。「何もかもがちょっとずつ擦り減っている」という彼の存在は、むしろ初出誌版「1」の章にのみ登場した「僕」の分身としての「過去」に近い——永遠に中国という「記憶」に取り憑かれた「僕」の「過去」。

ところでこの中国人級友が「僕」に気づいたのは、「僕」が「銀行に行った帰り途、青山通りに面したガラス張りの喫茶店」で「買ったばかりの小説」を読んでいたからである。単行本、全作品両版はその小説の著者名等を削除しているが、初出誌版は「ジョン・ル・カレの新しい小説」と明記している。

ル・カレとは『寒い国から帰ってきたスパイ』（一九六三年）などで著名なスパイ小説の大家で、「僕」のモデルであろう村上春樹が四九年生まれであることを考えると、物語の現在は七七年と推定される。この年にル・カレが発表した〝The Honourable Schoolboy〟とは、香港を舞台にイギリス・中国・ソ連の諜報機関に潜入した中国人二重スパイとその兄をめぐる兄弟愛と裏切りの物語なのである。

「5」の章は「既に三十歳を超えた一人の男」が、「そもそもここは私の居るべき場所じゃないのよ」という在日中国人女学生の言葉を思い出したのち、中国について語り始め、「友よ、中国はあまりに遠い。」という一行で終わっている。この「5」の章は四十行足らずの短い章ではあるが、初出誌・単行本両版に変化がないのに対し、全作品版ではやはり大幅に加筆修正されている。たとえば次の一段。発表時間順に初出誌・単行本両版から先に引用したい。

中国。

僕は数多くの中国に関する本を読んだ。「史記」から「中国の赤い星」まで。それでも僕の中国は僕のための中国でしかない。あるいは僕自身である。それはまた僕自身のニューヨークであり、僕自身のペテルスブルグであり、僕自身の地球であり、僕自身の宇宙である。

地球儀の上の黄色い中国。これから先、僕がその場所を訪れることはまずないだろう。それは僕のための中国ではない。ニューヨークにもレニングラードにも僕は行くまい。それは僕のための場所ではない。僕の放浪は地下鉄の車内やタクシーの後部座席で行われる。僕の冒険は歯科医の待合室や銀行の窓口で行われる。僕たちは何処にも行けるし、何処にも行けない。

次は大幅に加筆された全作品版からの引用である。

僕は東京の街を見ながら、中国のことを思う。

僕はそのようにして沢山の中国人に会った。そして僕は数多くの中国に関する本を読んだ。「史記」から「中国の赤い星」まで。僕は中国についてもっと多くのことを知りたかったのだ。それでもその中国は、僕のためだけの中国でしかない。それは僕にしか読み取れない中国である。僕にしかメッセージを送らない中国である。地球儀の上の黄色く塗られた中国とは違う、もうひとつの中国である。それはひとつの仮説であり、ひとつの暫定である。ある意味ではそれは中国という言葉によって切り取られた僕自身である。僕は中国を放浪する。でも僕は飛行機に乗る必要はない。その放浪はこの東京の地下鉄の車内やタクシーの後部座席で行われる。その冒険は近所の歯科医の待合室や銀行の窓口で行われる。僕は何処にも行けるし、何処にも行けない。

『史記』とは司馬遷（前一四五頃〜前八六年頃）が編纂した中国最初の通史であり、『中国の赤い星』とはアメリカのジャーナリスト、エドガー・スノー（一九〇五〜七二年）が一九三六年に中国西北部の共産党根拠地を訪ねて書いたルポルタージュの古典的傑作である。「僕」は古代史から現代史まで中国に関する書物を読みあさったわけである。

村上は二〇一〇年夏号の雑誌インタビューで「水平的に流れる一人称の小説に、歴史を縦糸にして、垂直な流れを取り入れたいというのは前から考えていたことです。そういう予感は『羊』の羊博士のときからありました。だから「ねじまき鳥と火曜日の女たち」という話にノモンハンを絡めていこうというのは、僕にとってはとくに突飛なことではなかったんです。／あと筑摩書房の「現代世界ノンフィクション全集」もずいぶん熱心に読みました。エドガー・スノウの『中国の赤い星』とか」と語っている。この言葉から、初出誌「中国行き」（一九八二年）から『羊』（八二年）、そして『ねじまき鳥クロニクル』（九四年、九五年、以下『ねじまき鳥』と略す）という一連の作品群は「水平的に流れる一人称の小説に、歴史を縦糸にして、垂直な流れを取り入れ」ようとして連作されたことが察せられる。

「中国行き」末尾では先ほどの一節の後に、「誤謬というのはあの中国人の女子大生が言ったように（あるいは精神分析医の言うように）結局は逆説的な欲望であるのかもしれない。」という一句が置かれている。ちなみに前引の通り「あの中国人の女子大生が言った」言葉とは、「あなたが本当に間違えたんだとしても、それはあなたが実は心の底でそう望んでいたからよ」であって、「逆説的な欲望」という言葉ではない。「僕」は「あの中国人の女子大生が言ったように」の一句の後に「（あるいは精神分析医の言うように）」と括弧づけで説明を加えているが、「逆説的な欲望」とは「僕」が中国人女子大生の苦悩する言葉に共感を覚えつつ自らに対して行った精神分析を形容する言葉なのである。

村上春樹が一九八〇年の初出誌から一九九〇年の全作品版に至るまでの十年間に「中国行き」を二度も大幅に改稿して得た結論が、「僕にしか読み取れない」「あまりに遠い」中国であった。それは「僕」が「過去」を友とし、背信と原罪とをより深く自覚することにより到達した、旅立ちのための港であったのだ。「中国行き」の結びは、初出誌・単行本両版では次の通りであった。

それでも僕はかつての忠実な外野手としてのささやかな誇りをトランクの底につめ、港の石段に腰を下ろし、空白の水平線上にいつか姿を現わすかもしれない中国行きのスロウ・ボートを待とう。そして中国の街の光輝く屋根を想い、その緑なす草原を想おう。
だからもう何も恐れるまい。クリーン・アップが内角のシュートを恐れぬように、革命家が絞首台を恐れぬように。もしそれが本当にかなうものなら〔略〕
友よ、
友よ、中国はあまりに遠い。

「クリーン・アップが〔略〕」の一句は、「中国行き」「1」の章で「僕」が小学時代に野球の試合で「センター・オーバーの飛球を全速力で追っていて、顔面からバスケットボールのゴール・ポストに激突した」という記憶に対応するものであろう。それでは「革命家が絞首台を恐れぬように」とは何を意味するものであろうか。魯迅が短篇小説集『薬』で描く清朝末期の革命家の公開斬殺刑を意識していたのだろうか。
そして全作品版に至ると、「だからもう何も恐れるまい」の一句は次のように加筆された。

だから喪失と崩壊のあとに来るものがたとえ何であれ、僕はもうそれを恐れまい。

『風』の主人公「僕」が夏休みの帰省を終え東京の大学へ戻る時、ジェイズ・バーのバーテン、ジェイに別れを告げに行くと、この中年の中国人は望郷の思いをこんなふうに語っていた――「何年か経ったら一度中国に帰ってみたいね。一度も行ったことはないけどね。〔略〕港に行って船を見る度そう思うよ」と。

朝鮮戦争からベトナム戦争に至るまで、中国共産党政権と敵対するアメリカの在日軍事基地で働いていたジェイは、『風』の時代の一九七〇年に中国に戻れば正真正銘の「反革命分子」となって粛清されたことだろう。それを考えれば、たしかに彼にとって中国は遠い故郷であったのだ。

（八）なぜ中国はあまりに遠いのか

「中国行き」の語り手「僕」にとって、なぜ「中国はあまりに遠い」のだろうか。小学時代と大学時代に中国人を二度裏切ったためであろうか。大学時代の「僕」に裏切られた中国人女子学生は、「ついうっかり間違えたんだ」と謝る「僕」に対し、「あなたが本当に間違えたんだとしても、それはあなたが実は心の底でそう望んでいたからよ」と指摘している。この言葉に続けて、彼女は「こんなのこれが最初じゃないし、きっと最後でもないんだもの」とも語っており、それは彼女が在日外国人として受けて来たかも知れないイジメ体験を指しているように読める。しかしここで「シドニーの」で語られた両親の人種が異なる中国系の子どもCharlieの心理学説「願望憎悪」を想起すると、中国人女子大生の言葉は、「僕」の一つの心理的傾向を指摘するものとも読めるのではないだろうか――「僕」は本当は中国人を裏切る罪を背負いたいのだが、しかしそれを認めたくないから、間違えとして罪を犯したいという願望。

前述の通り単行本版「中国行き」の最初の中国人に関する記憶には、机に落書きをしないようにという中国人教師の説諭を、自分は裏切って落書きしたのではないか、という不安も含まれていた。そして二人目の中国人に対する間違いが生じた時の、その中国人女子大生の言葉「こんなのこれが最初じゃないし、きっと最後でもない」とは、「僕」の自省の結果の言葉としても読めるだろう。

それにしても、なぜ「中国行きの」の「僕」は、中国人に対する裏切り願望を抱いているのだろうか。この謎を解くヒントは、最初の中国人である教師の描写にあるのではないだろうか。

監督官は四十歳より上には見えなかったが、左足を床にひきずるように軽いびっこをひき、左手で杖をついていた。それは登山口の土産物屋にでも売っていそうな粗い仕上げの桜材の杖だった。そして彼のびっこのひき方があまりにも自然に見えたので、その杖の粗末さだけがいやに目立った。

この中国人教師は、「上海の郊外で死んだ。終戦の二日後に自分の埋めた地雷を踏んだ」「僕」の叔父と同世代であり、教師の不自由な左足――しかも「あまりにも自然に見え」る――は、一九四五年八月に「地雷を踏んだ」『風』の叔父を連想させる。教師がついていた杖は「粗い仕上げの桜材」で、日本軍の暴行を連想させる。中国人教師は日本の侵略による被害者であり、『風』の「僕」の叔父は自らの加害を謝罪して自決し、「中国行き」の「僕」は在日の中国人教師と中国人女子学生を裏切ることにより、『風』の「僕」の叔父の贖罪を継承することになるのではないだろうか。

このような解釈は、『風』「中国行き」両作の語り手のイメージが類似しているとはいえ、容易に成立するものではあるまい。しかし第7章で詳述するように、村上春樹において、父が南京事件（一九三七年）に関与していたのではないかという疑念がトラウマになっていたことを考え合わせると、両作の間に裏切りによる贖罪の継承というテーマ的展開を見いだせるのではないだろうか。

南富鎮（なんぶじん）『村上春樹　精神の病と癒し』（春風社、二〇一九年）は、村上文学を「想像の共同体としてかつて存在していた分裂病を借りて」、村上が国内外の分裂病言説と呼応しつつ『風』から『ノルウェイの森』『ねじまき鳥』までの長篇・短篇を紡いでいく過程を詳細に論じている。南の解釈によれば、不自由な足や落書きは欠損状態を意味しており、「世界の果て」のような場所にある中国人小学校にたった一人で行った「僕」は「世界没落体験」症状を発症しており、それは「精神の病の始まりである」という。そして「中国は僕の精神病変の象徴であり、その実態としては世界没落体験であり、症状としては離人症に該当するだろう。離人症は自己と現実との疎隔感、つまり現実感情の喪失のことで、一般的に「現実感がない」「自分が自分でなくなった」というような感情である」と南は考察を進めている。村上のデタッチメント性とは「世界没落体験の離人症がもたらした結果」というのである。南の指摘する「精神病」とは、すなわち贖罪意識であると私は解釈している。

そもそも「僕」が「友よ、／友よ、中国はあまりに遠い。」と呼びかけている「友」とは、小学校の野球の試合で脳震盪を起こした「僕」に付き添ってくれた友だちなのか、中国人女子学生なのか、それとも三番目に再会する高校同級生の中国人なのか。あるいは『風』のジェイズ・バー常連客にして「僕」の親友である「鼠」であるのか、それとも「中国行き」初出誌版にのみ登場して「僕」と対話し「いつまでも続く」友情を結ぶ「僕の過去」であるのか――もしも「中国行き」に登場する三人の中国人が、すべて「僕」が贖罪継承願望のために妄想した人々であるとしたら、「友」とはその誰であってもよいのではないだろうか。

『風』の中年中国人ジェイが「帰ってみたい」と願うように、「中国行き」では「三十歳を超えた」「僕」が小学時代と大学時代の二度の裏切りという「記憶」を抱くことにより、「喪失と崩壊のあとに来るもの」をもはや恐れず、中国行きの船を待つ港にたどり着ついたのだ。それは「僕」の贖罪継承の覚悟ではなかったか。

それにしても「中国行き」がその表題とテーマにもかかわらず、日本の文芸界ではほとんど村上の中国への関心という視点から論じられることがなかった点は興味深い。ジェイ・ルービン（Jay Rubin, 一九四一年〜）は近代日本文学専攻のアメリカ・ハーバード大学名誉教授で村上春樹の翻訳家・研究者としても著名である。彼は現役教授時代に、この作品が「中国に対する村上の根強い関心を暗示」している、と指摘している。

この短篇は婉曲な書かれ方をしていたために、一九八三年に評論家青木保からこう論じられた。「ここまでくると、読む側にとっては、中国人のことはもうどうでもよくなってしまって、語られようとするのは六〇年代から八〇年代にかけての『僕』の辿った道筋の里程標であることがわかる……『スロウ・ボート・トゥ・チャイナ』の曲が鳴って、曲がおわってみると、そこに時代があって、しばし読者は己れの辿った道筋を考えさせられる」。たしかに初期の村上読者にとっては、こうした力が働いたかもしれない。だがいまでは、日本人にとってかなり厄介な記憶として、村上が中国と中国人を一貫して意識してきたと見ることができるだろう。

村上の魯迅への共感、「僕」の最初の裏切りの記憶が魯迅「藤野先生」と相似した構造を持つことに気づく時、「中国行き」は私たちの前にこれまでとは異なった様相を現すのである。だが、アメリカナイズされた作家、という村上春樹の一面があまりに強調されてきたため、そして村上を論じる文芸批評家の多くが中国に対し十分な関心を払ってこなかったためもあるのだろう、「中国行き」という作品は、長いあいだ批評の海を虚しく漂流し続けてきたのだ。「藤野先生」とは「青春を失った」魯迅が、異国の見知らぬ街で出会った誠実な教師への裏切りを回想する物語である。その異郷体験の物語には、仙台の医学校の教室で見た日露戦争下の満州における日本軍による中国人処刑という歴史の記憶も内包されている。

村上春樹は「藤野先生」に呼応するかのように、「港街」の小学生が「世界の果て」にも等しい「中国人小学校」において教師の誠意溢れる希望を裏切るという回想の物語として「2」の章を書いた。さらに村上は十九歳になった「僕」を「港街」から「まったくのひとりぼっち」の東京へと送り出して「3」の章を書き、在日中国人の女子学生を相手に再び背信行為を重ねさせた。そして「5」の章で三十歳を超えて「あの永遠に続くようにも思えた退屈なアドレセンスが人生の何処かのポイントで突然消え失せてしまった」ような「僕」に、「スロウ・ボート」への乗船を決意させているのだ。言うまでもなく「アドレセンス」とは青春の意味の外来語である。

その結びの「喪失と崩壊のあとに来るものがたとえ何であれ、僕はもうそれを恐れまい〔略〕

友よ、中国はあまりに遠い」という逆説的な呼びかけは、魯迅「影の告別」の次の一節と響き合っているのではないだろうか。

わたしはこうありたいのだ、友よ――
わたしは、ただひとり遠く行く。きみがいないだけでなく、ほかの影さえ、暗黒のなかにはいないのだ。

さらに「僕」が想像する「中国の街の光輝く屋根〔略〕その緑なす草原」とは一九三七年十二月の南京事件の街並みであり、三九年夏のノモンハンの草原ではなかったろうか。しかし南京とノモンハンが村上により描かれるのは『ねじまき鳥』(一九九四年、九五年)と『騎士団長殺し』(二〇一七年)を待たねばならなかった。

第4章　満洲国の記憶――『羊をめぐる冒険』と高橋和巳『堕落』

（一）村上春樹と高橋和巳

『ノルウェイの森』（以下『森』と略す）では、主人公ワタナベ君と彼の大学同級生や学生寮仲間は読書家である。彼らが愛読する作家たちを、ワタナベ君は次のように紹介している。

僕はよく本を読んだが、沢山本を読むという種類の読書家ではなく、気に入った本を何度も読みかえすことを好んだ。僕が当時好きだったのはトルーマン・カポーティ、ジョン・アップダイク、スコット・フィッツジェラルド、レイモンド・チャンドラーといった作家たちだったが、クラスでも寮でもそういうタイプの小説を好んで読む人間は一人も見あたらなかった。彼らが読むのは高橋和巳や大江健三郎や三島由紀夫、あるいは現代のフランスの作家の小説が多かった。

「僕」が愛読するカポーティやフィッツジェラルド等のアメリカ作家は、『森』発表後の村上春樹が自ら翻訳しており、現代日本人にとっても馴染み深い。「彼ら」が好む三島由紀夫（一九二五〜七〇年）や大江健三郎（一九三五年〜）も現在に至るまで多くの読者を擁している。世代的には三島と大江との間に位置する高橋和巳（一九三一〜七一年）を愛読する人は、今では三島・大江の読者と比べて数少ないであろう。

魯迅と戦後日本文学との系譜的関係を研究している王俊文博士（東大文学部外国人特任講師）は、高橋和巳を次のように位置づけている。

戦後デビューの高橋和巳（一九三一〜七一）は、その短い生涯を全力疾走するかのように、研究、評論、創作を精力的に行った。中国関係だけ取り上げても、例えば魯迅作品の翻訳・解説や、司馬遷など古典中国文学の研究、そして竹内好（一九一〇〜七七）と武田泰淳（一九一二〜七六）との対談や、彼らについての評論執筆、文革中の中国への訪問及び評論などがある。その姿勢は、一、二世代上の中国文学者の「態度」を批判的に受け継ごうとする積極的なものであった。一九二〇年代から七〇年代までの、日本の中国文学者における「魯迅に影響を受けた文学者の系譜」に焦点をあてるなら、戦前から活躍する佐藤春夫（一八九二〜一九六四）をはじめとし、戦中デビューの竹内好・武田泰淳と続き、戦後頭角を現した人物を「戦後文学の後継者」高橋和巳とするのが妥当だろう。(王俊文「日常を求める虚無僧――高橋和巳と竹内好・武田泰淳、及び吉川幸次郎」『越境する中国文学』、没年の表記方法は原文ママ)

『森』とは主人公で語り手の「僕」が、一九八七年のドイツ・ハンブルク空港着陸時に突如、十八年前の恋愛体験を思い出し、記憶を語るという物語である。王俊文が高橋和巳は「六、七〇年代に一世を風靡した」と述べるように、一九六〇年代末の東京を主な舞台とする『森』において、高橋文学が若者たちの愛読書として挙げられたことは不思議ではない。とはいえ一九六〇年代に一世を風靡していた三島・大江世代の作家を数え上げれば、安部公房（一九二四～九三年）、井上光晴（一九二六～九二年）、開高健（一九三〇～八九年）、有吉佐和子（一九三一～八四年）、倉橋由美子（一九三五～二〇〇五年）、庄司薫（一九三七年～）等々、多くの名前が想起される。その中でも村上春樹が「僕」に高橋和巳を挙げさせているのは、村上自身の高橋に対する関心によるものであったろう。

『森』は『風の歌を聴け』(以下『風』と略す）と同様、ポスト「大学闘争」という時代の刻印を深く押されている。当時、京都大学文学部助教授であった高橋和巳が、一九六九年三月に大学当局を激しく批判する学生側を支持して辞職していることに、村上は深い共感を抱いていたのであろうか。それとも魯迅文学の系譜に位置づけられる作家として、高橋に関心を寄せたのであろうか。

（二）高橋和巳『堕落』――狂王と新しき女王

高橋和巳の代表作の一つに、敗戦後の日本における満州国の記憶をめぐる長篇小説『堕落』が挙げられよう。満州国とは日本が満州事変（一九三一年）翌年の三二年に、中国の東北地方三省と内モンゴル東部の熱河省に作りあげた傀儡（かいらい）国家であり、傀儡とは操り人形のことである。

『堕落』は一九六五年、文芸誌『文芸』六月号に発表され、四年後に単行本が河出書房新社より刊行された。同作の主人公青木隆造は、戦前に満州国建国の政治的陰謀に参画して挫折した後に開拓団を率いており、敗戦後はシベリア抑留を経て日本に引き揚げ、神戸郊外で親が日本人ではない子どもの養護施設の経営に十八年間心血を注いでいた。青木はこの社会事業が認められ新聞社より表彰されるのであるが、その式場で司会者が「満州といういまは虚空に消えた国名と、彼の人柄をたたえるために〈理想〉という言葉とを不用意に結びつけたとき、彼の内部に見極めがたい曠野のイメージと、喪った時間の痛みとが隠微な軋み音をたて」る。青木はこれを契機に女性秘書や事務職員を犯し酒乱に陥り堕落の道をひた走りに走り続けて破滅していく。その過程が満州国時代の回想、戦後の養護施設経営、そして受賞後の現在、と三つの時代がフラッシュバックの手法で描かれている。

この破滅物語には一本の黄色いビニール傘が登場し、きわめて重要な役割を演じる。授賞式後、青木は秘書を伴い満州国時代の同志の祝宴に出席、その後秘書の提案で東京の繁華街を散策することとなる。「小雨の街に傘屋をさがしてビニール製の安価な傘を買った」二人は、「小雨のそぼ降る中を〔略〕一つの傘に身を寄せあって歩」いた後、青木はホテルで秘書を襲うのである。

翌々日、失踪願望を抑えつけ帰路に着くに際し、青木は「黄色いビニールの傘だけが余計だったが」やはり養護施設へと持ち帰る。そして二カ月余りのち、数々の乱行の果てについに失踪した青木の手には「不思議にビニール製の傘」がなおも握られており、泥酔した青木を襲うチンピラに対し「見ておけ、本当に人を殺すのはこうするものよ」と「気合もろとも洋傘をつきたて」これを殺害、自らの堕落＝破滅を成就するのであった。

ビニール傘の色とは満州国の国旗五色旗の四分の三以上を占める地の部分の黄色に通じる。それは青木の「内部に見極めがたい曠野のイメージ」を生ぜしめる、堕落の道への導き手であるといえよう。ビニール傘の象徴性はそればかりではない。黄とは古来中国において皇帝を象徴する色であった。中国の神話によれば、黄帝が傘＝華蓋（きぬがさ）を用いている。

満州国時代の同志と別れたのち、秘書と夕食を取り直すうちにも「どこかでたがが狂った」感じを覚えた青木は、中国は三国時代の英雄の子殺しの逸話を語り出す――赤壁の戦いに敗れた曹操は馬車のスピードを上げ敵兵の追撃をかわすべくわが子を馬車から蹴落とそうとした。「それから、どうしましたの」という秘書の無邪気な問いのあとに、「国家創世の王はその後慈善事業などはじめもしなかったし」という青木の独白とも読める地の文が続く。作品末尾に至り敗戦時の逃亡に際し、開拓団や妻を置き去りにしたばかりか、実は最後にはわが子二人まで見殺しにした青木の過去が明かされるのであるが、この曹操の子殺し譚はその伏線である。それにしても創世の王と慈善事業とが並列されているのは興味深い。

青木は「わずか十九人の職員と、百余人の混血児（原文ママ）」とはいえ「小さな組織を、しかし組織には違いないもの」の〈支配者〉であり、「彼の精神の中に、滅びるならば国もろともという意識がなおも生きてい」るのである。まだ五十二歳の青木の頭を覆う白髪は、王冠に通じているのであろうか。それとも白が喪色として用いられる中国に習い、やがて破滅する狂王の運命を表しているのであろうか。

そして青木の傘の内に入る秘書、十八年来の福祉事業の協力者である水谷久江。青木の判断では「世の中のことは何も知らず、容貌や育ちにからまる劣等感を、より不幸な者がつどう集団の中で癒して」いた筈なのが、彼女はいつのまにか「はるかに大きく成長して」おり青木を「おびやか」す。時代の変化とともに養護施設の事業はその任を終えつつあり、このたびの賞金二百万円も知的障害児施設への転換に使用する心づもりであった青木が水谷に隠退の意向を語るや、この秘書は意外にも次のように反論するのである。

「いま組織がえを迫られている時だからこそ〔略〕先生が誰よりも必要なんです。先生が駄目なら先生の贋者でもいなければ、銀行からは一文のお金も借りられず〔略〕先生が外に向って、信用を失うようなことをなすったり、自分勝手に仕事を投げだしたりすることは、許せないのです」

以下、養護施設をめぐる物語には乱行を加速化していく青木と、青木への敬愛の念と組織防衛の配慮のためこれをまるく収め彼を傀儡化しようとする水谷との対立の構造が浮かび上がる。養護施設には「三年前、大学を卒業してのち、その学生時代の過激な経歴のために、あらゆる就職の道をとざされ、誰にきいたのか、青木を頼ってきた青年〔略〕最も新しく、最も若く、そして最も有能な彼の事業の協力者」中里徳雄がおり、青木の道義的腐敗を糾弾する。青木は「事業の命運とは関係なく、おれはもう終ったのだという、抑えがたい感慨につきのめされ」養護施設を「自分が滅びるよりも先につぶしてしまいたい〔略〕水谷に譲るよりも、さらには中里に奪われるよりは〔略〕無にしたい〔略〕惜しまれるよりは憎悪され、尊敬されるよりは呪詛（じゅそ）される破壊者になりた」いと願ういっぽう、密かに「もし君たちに大慈悲があるのなら、今ここで私の存在を抹殺せよ」という願望をも抱く。

殺人事件後、留置場まで中里とともに面会に来た水谷は「兼愛園のためのお金を守ろうとなすった正当防衛」と弁護するが、青木は「私の存在が兼愛園にとって迷惑なものとなった以上、君たちの方からでも、出来るだけ早く私を排除しなければならんことが解らんのか。中里君、君には解るだろう〔略〕組織〔略〕を守るために、いま何を為すべきか〔略〕／水谷君、〔略〕当分は結婚を諦めて（園長の：引用者注）仕事をしていってほしい。もちろん、聖女でなくていい。聖女のような顔をしてね」とたしなめ、養護施設の経営を二人に任せると「宣託」するのであった。

この場の描写に高橋が「宣託」という宗教的語彙を用いているのは意味深長である。黄色いビニール傘が養護施設の「王」の華蓋であるとするならば、本来華蓋をさしかけるべき従者の水谷がその華蓋の内に入るとは、王との一体化を象徴的に物語るものであろう。続くその夜の暴行は、そのより明示的な行為であったともいえよう。

そもそも、青木隆造、水谷久江とはなんと陰陽の対立に富んだ命名であったろうか。前者は生い茂る大きな空間構成を意味し、後者は対照的に低く暗く広がる水のイメージを語っているのである。養護施設では服装を飾ることは禁じられていたが、水谷を手込めにした夜、青木は彼女の下着にレースの縫い取りがあるのに気づく。翌日から、「水谷久江は、その貧弱な肉体に香水をふりかけ、その魅力のない唇に紅を塗」り始める。あたかも青木の白髪にかわる「女王」のしるしを身に付けるかのように。

そして何よりも印象的なのは、彼女の変貌である。「醜い女」「体軀にも容貌にもめぐまれない女性」と描かれていた水谷は、やがて「妖婦のように青木に笑いかけ」、青木から「聖女」となるべく「王権」を譲与される留置場では「面会室の金網が、あたかもヴェールのように複雑な陰翳を作って、水谷久江の蒼ざめた顔が病的に美しく見えた」と語られている。養護施設をめぐる物語の最後、面会時間が過ぎ未決監へと連行されるとき、青木は「すべての道徳を失った者の最後の奉仕としての〈見せしめの人生〉」を思い、「どうだね。これでいいのかね。水谷君」とすでに姿無き王位継承者に呼びかけるのであった。

女王の片腕の名前、中里徳雄――養護施設内の道徳的英雄――が示唆するように、その後の施設はいまだ「裏切りと中傷と、羨望と嫉妬と、怨嗟と策謀」を知らぬ若い世代により継承されることであろう。

『堕落』における養護施設の物語とは、狂王と新しき女王との交代の物語であるといえよう。

（三）満州国の暗喩――一九六四年東京オリンピック前夜の養護施設

青木隆造、水谷久江二代の王が「一つの傘に身を寄せあって」歩いた「秋も深まる」東京には、いかなる時代が到来していたのであろうか。青木は敗戦後二年間をシベリアに抑留されて過ごし、その後十八年間を養護施設経営に捧げてきたという。それならば時代は一九六五年であろうか――いまだ繁華街に傘屋が店を出していたあの六〇年代の。神戸に帰るに際し、秘書は「特急券は無理でしょうから、十時過ぎの夜行の急行」の切符を買っている。東海道新幹線開通（一九六四年十月）以後のこととは考えにくい。

青木と共に「広大な新聞会館のホール」の授賞式に臨んだ人々には、「東洋第一を誇るダム建設に新しい工法をあみ出した技師たちの一団」がいる。黒部ダムが六三年に完成し、この年に朝日新聞社より朝日賞が授与されたことを考えると、授賞式の日、または物語の開始時間は、とりあえず一九六三年秋と考えてよいだろう。

新聞会館での授賞式の司会者は「すでに戦後ではないと経済白書に謳われましてからもすでに十年」（傍点は引用者による）と述べている。類似した言葉が一九五六年度経済白書「結語」の一節では以下の文脈で使われている。

> 敗戦によって落ち込んだ谷が深かったという事実そのものが、その谷からはい上がるスピードを速やからしめた〔略〕いまや経済の回復による浮揚力はほぼ使い尽くされた。〔略〕もはや「戦後」ではない。〔略〕今後の成長は近代化によって支えられる。そして近代化の進歩も速やかにしてかつ安定的な経済の成長によって初めて可能となるのである。（傍点は引用者による）

敗戦とこれに伴うアメリカ軍の占領（一九四五年）から、独立回復（五二年）、保守合同と左右両社会党統一による五五年体制の成立を経て「もはや「戦後」では」なくなった後の約十年とは、六〇年安保闘争の政治の季節を経て、池田内閣（六〇年七月成立）による国民所得倍増計画の下、実質成長率が一〇パーセントを超える（一九六〇年代全体の年平均）高度成長経済期であり、「近代化によって支えられる」新しい成長の時代であった。

このような「速やかにしてかつ安定的な経済の成長」の時代に、王の交代劇が演じられる神戸の児童養護施設とは、いかなる組織であったか。

その名は兼愛園。授賞式での紹介によれば園長青木は「敗戦後〔略〕神戸をはじめ大都市にあふれる浮浪児たちと、進駐軍のとどまるところに次々と産みおとされては見棄てられる混血児（原文ママ）を、一ヵ所に収容して保護・教育することを決意され、山林を売りはらって自宅を解放し、ただひとりで福祉事業をはじめられたのであります」となる。

これを青木の立場から語れば「一人の無教養な〔アメリカ〕兵士が豚をころがすように一人の女性を弄ぶ。女性は自暴自棄になり、転落し、やがて孕（みごも）り、病毒におかされて、そのかさぶただらけの嬰児を兼愛園の門前に捨てる。その子に肉を授けた父はわからず、その父の国は、その子を人間とは認めない〔略〕〔進歩的政党、労働組合、資本家も‥引用者注〕混血児（原文ママ）収容所には、得意の〈投げ銭〉ひとつあたえなかった。混血児（原文ママ）たちは要するにパンパン（原文ママ）の児であり、民族の恥であり〔略〕」。

孤立無援のなか、青木は狭い農場を開墾し、養鶏をやり、竹細工を造らせた。駐留軍教育局の視察に乗じては、児童養護施設の子どもたちを「見棄てておいて生涯アメリカを憎みつづける人間に育てたいか」とアメリカ軍将校を脅し、集団心中寸前にまで経済的に追いつめられたときには「孤児も混血児も(原文ママ)、国家の子、天皇の子であるはずであります。〔略〕もし、それをしも見棄てられるならば、為政者は、自らの説かれた論理によって、直系卑属の殺害者として告発されることを認められねばなりません」と日本国家を脅迫した。

受賞後の兼愛園創立記念の日、青木は職員たちに「占領軍や政府の圧迫と無理解とが、逆に私たちの闘志をそそり、覆いかぶさってくる悪意をはねのけようとしていた時、私たちは正しく生きていた。……そう、困窮こそが、私たちの道徳だった」と語りかけている。こうして戦後の青木は柵の内に「俺の花園」を築いてきたのである。

しかし「ミサイルが配置され、自衛隊が補強されるにつれ、駐留軍兵士の数は相対的にへり、また五、六千円で中絶手術のできる知識が職業婦人に一般化するにつれ、混血児(原文ママ)の数は急激にへった」青木は兼愛園を知的障害児施設へと改組しようと考えている。高度経済成長下、「ビニール製の炊事用器が出廻って」園製の竹細工も以前のようには売れなくなっていた。

占領期から高度経済成長期に至る日本の政治・経済・道徳をその最下層の場において映し出す

もの、それが兼愛園という組織であったといえよう。それにしても兼愛の園という名称には、かつて遥かなる満州で唱われた五族協和、王道楽土の創世の歌と響き合うものがある。この養護施設の背後には戦前に大日本帝国が自らの影として中国・東北部の曠野に造り上げた国家、満州国が暗喩として存在しているのではあるまいか、少なくとも狂王青木の魂においては。

(四)満州国というトラウマ

一九二〇年代の中国では軍閥割拠の状態から統一国家を形成しようとする国民革命のうねりが高まり、国民党を中心とする革命勢力は北伐戦争(一九二六～二八年)による武力統一に踏み切る。これに対し輸出、投資、原料供給そして対ソ連戦略の各方面において、満州・蒙古を最重要視していた日本は危機感を覚えた。関東軍(日露戦争後日本がロシアから継承した遼東半島の租借地関東州に駐屯した日本の陸軍部隊)は、満州軍閥の張作霖を爆殺(一九二八年)、さらに一九三一年には満州侵略を開始(満州事変)、民間日本人グループの満州青年連盟などの協力を得て三二年には清朝の「ラストエンペラー」溥儀(ふぎ)(プーイー、一九〇六～六七年)を執政とする傀儡国家満州国の独立を宣言する。三四年には満州国は帝政を敷き溥儀は皇帝となった。

満州国は日本の傀儡国家であったにせよその建国に際しては、領土内にあるものは漢・満・蒙・日・朝の五種族をはじめすべて平等であり(五族協和)、道徳仁愛を主とし、民族差別、国家間の争いを除き王道楽土を実現することを国家理念であるとうたいあげている。

高橋和巳は『堕落』で「満人とシナ人」と並列しているが、満州国内各民族の人口は日本人五十万、朝鮮人百五万、満州人三千六百七十万、その他六万五千人であった（一九三八年の統計）。一九五三年の人民共和国の統計で中国国内の満州族は二百四十二万人となっているところから、満州国の満州人とはその九割以上が漢族、いわゆる中国人であったといえよう。

日露戦争以来、日本の満州経営の中心となっていたのは半官半民の国策会社満鉄（南満州鉄道株式会社）であり、この巨大な植民地会社には総合調査研究機関の調査部が置かれ、満州国成立後の一九三九年には調査部のスタッフは二千人を超えた。

満州国創設直後から関東軍は満鉄その他民間の投資を得て強力な経済統制の下、鉄道交通設備と重工業の建設を推進し、さらに一九三二年から困窮に喘ぐ日本内地の農村から大量の移民を中国人、朝鮮人の農民の既耕地に入植させて植民地支配の強化を図り、その数は二十七万に上った。その半数は北辺のソ満国境付近に展開していたため、一九四五年の日本の敗戦、満州国崩壊に際しては八万もの犠牲者が出ている。

『堕落』の主人公青木隆造は、「元来心情的には、たがいに鶏鳴をききあうも侵しあわない村落自治を理想とする東洋的な自然主義者」であったが、上海の中国語専門学校である東亜同文書院を卒業後、満鉄調査部に就職、満州の政治的社会的混乱により生じていた「悲惨」な状況を目撃して衝撃を受ける。

「近代的な流通の機構がなく、商品の市場もなく、統一された貨幣もなかったのだ。領土的野望を満足させることしか知らないロシア、西欧列強からの綿製品の大量輸入によって、みずからの工業生産発展の息の根をとめつつある中国人、清朝以来の封建的所有者の支配下におかれてあえぐ満人農奴たち〔略〕それら重層的矛盾の解決にはただ一つの方法しかなかった。強力な統一と強力な独立国家の形成〔略〕（青木は：引用者注）内心の農本主義的な自然主義と、しばしの感傷的な逡巡のすえに訣別した〔略〕みずからの論理がこの土地に実現するかもしれぬ予想――その悪魔的な誘惑のゆえに、彼は自己自身を強引に変化させたのだ」

これは青木一人の心情ではなく、戦前の多少なりとも理想を胸に抱き満州やその後の日本占領下の中国に赴いた日本人たちに共通する中国観、中国侵略の自己正当化の論理であるといえよう。一九二〇年代には満州はすでに上海など中国本土の工業の有力な市場となっており、満州国の成立でこれを失った上海の製粉業、紡織業、タバコ産業は大きな打撃を受けている。国民党は北伐戦争終了後わずか七年、満州国建国の三年後には幣制改革を断行、広大な中国の通貨を統一してもいる。二〇年代の十年間に中国が満州で建設した鉄道は満鉄による建設を上回る一一五七キロに達し、二〇年代末には満鉄包囲線建設が始まっている。これが「日本の満州権益に対する危機感を生みだし、満州事変の背景を構成する」（井上勇一『鉄道ゲージが変えた現代史』）という指摘もなされている。本来清朝末期に中国本土からの開拓民により農地化された満州では、「満人農奴」の問題も日本の搾取と比べれば青木が憂えるほどには大きいものではなかった。

「内心の農本主義的な自然主義」と決別した青木は「みずからの論理がこの土地に実現する」ことに賭け、満州青年連盟に加盟、関東軍参謀将校らとともに国家建設案を練る。「実質上の関東軍の軍政下に、銀行・鉄道および重要産業を国有化し、貨幣を統一し、商業もまた大豆、塩等の重要物資の売買を公営とする。土地は一まず孫文の平均地権にならい現所有者に属するが、以降の地代騰貴による利益の一切は国家に帰せしめる。急速な工業の発展をはかり、それによる収益によって満人およびシナ人地主および軍閥より徐々に土地を買いあげ、日本人開拓団および土着村落に分与し、そして三分の一の土地共同化に成功したとき、一国一党の政治組織と呼応して一挙に爾余の全土地を国有化する」

思想的償いとして「シナよりも日本よりも進歩した制度をここに作りあげる」と主張する同志に対し、青木は「過渡期の罪過を一身ににになって消えてゆく幻影の独裁者、つまりは傀儡が必要なのだ。〔略〕民衆の称讃が不当にその幻影の独裁者に集りそうになれば、阿片をあたえ女をあたえて、人格的に破綻させ、その座を奪う」という「悪魔的な国家論」さえ展開した。彼を支えた論理は「二十世紀の人間にとっては、神が死ぬことによってすべてが許されるのではなく、国家が神に代ることによって、つまりは国家の名においてなされることによってのみすべては許される〔略〕この土地に、あらたな国家を建設することによって〔略〕われわれは永遠に正義であり、われわれは永遠にゆるされるであろう」という関東軍岸井参謀の「ほとんど文学的な」言説であった。

満州青年連盟の人々の王道楽土建設の論理は、やがて満州国の徹底的な植民地化という関東軍の本音により裏切られ、さらに国家の「組織が具体化するにつれ、彼（青木：引用者注）らは、東京帝国大学出身の優秀な官僚たちにつぎつぎとその実務の場を奪われ」る。青木は「満鉄を辞して開拓団員とともに、日々、荒野に鍬を入れ〔略〕共同生活の中に、自治制をしき、生産消費の共同・共有を」図り、さらに「日本人と満洲人やシナ人を結びつけようとやっきに」なっては「日本の青年と満洲の娘、シナ人と日本人」同志の通婚の介添え役となり「混血で平和」を築くことを夢想した。

一九四五年八月九日、ソ連が参戦する。「国境線を突破して怒濤のように押しよせたとき、関東軍は開拓団民に開拓村の死守を命じ、青木は現地召集をなおまぬがれて残った男子たちと、弾薬の配分を空しく待ちながら、四角な模型爆弾を胸にかかえて仮想戦車の下にとび込む対戦車特攻訓練に数日を費した。〔略〕突然、撤退命令が伝えられたとき、周囲には彼ら開拓団民の逃亡を護衛してくれるべき日本軍師団の影はなかった〔略〕彼がひきつれてのがれた七百名余の開拓民も彼が四平街の駅付近で二人の子供の手をひいて脱走したとき、生き残っていたのはたった四十数名にすぎなかった」という。

開拓民とさらに自らの妻さえ欺いて脱走し二児をも見殺しにした青木だが、ついに捕らわれ、シベリアで二年間の捕虜生活を送ることとなる。以上が「国家にも共同体にも家庭にも〔略〕裏切られまた裏切った」青木の満州国における青春である――二十歳から三十四歳まで十四年間の。

「あの敗戦の日、国家人としての青木隆造は死んだが、社会人としての彼の行為にはなお寛恕すべきものがあったはずだった。彼はそう考え、自分を慰めて、戦後を生き〔略〕兼愛園なる新たな共同体を築き、その運営に彼は自分の余生を賭け」たのだが、その養護施設とはなんと満州国に相似しているであろうか。日本人と中国人との間にあった占領、被占領の関係はアメリカ軍占領下の戦後日本では逆転して再現され、アメリカ兵の暴行により産み落とされる混血児とこれを収容する兼愛園は、偽りの平和のなかで黙殺された。

園の回りに柵を巡らし、食糧確保のため畑を耕す兼愛園の風景は、北満の開拓民「集落」を連想させる。「のこのこと表彰式へ出向いて」いったりせず「この柵から外へ出なければ生涯を平穏に暮せたかもしれなかった」という堕落していく青木の述懐は、満州国崩壊時に開拓村から撤退、ついには国家に殉じることなく逃亡してしまった開拓団指導者の無念の思いに通じる。

授賞式の夜、青木の宿泊先が「ステーションホテル」の「牢獄のように壁がのしかか」った一室であるというのも、暗示的である。通称ステーションホテルこと東京鉄道ホテルは一九一四年東京駅完成とともにその一部を利用して開業されたもので、下関の山陽ホテル、奈良ホテルとともに旧国鉄直営の三大ホテルの一つであり、規模・収入実績とも他の二つを圧倒していた（『日本国有鉄道百年史』第八巻』一九七一年）。いっぽう満鉄は大連、奉天（現・瀋陽）、新京（現・長春）に直営のヤマトホテルを建設したが、「中央ホール上に大ドーム、左右に小ドームを持ったルネサンス式」で東京駅とその容貌の類似性が指摘される奉天駅には奉天ヤマトホテルが付設されていたのである（満鉄建築会発行『満鉄の建築と技術人』、一九七六年）。兼愛園の柵より出て東京のステーションホテルに宿泊した青木は、その昔、満州青年連盟の同志とともに満州国建設草案を練った「司令部の宿舎、瀋陽館の一室」を連想させる客室で、「なぜ〔略〕子供に関係のある悲しいお話ばかりされますの」とふしぎがる秘書に「断腸」、すなわち子猿をさらわれた母猿の故事を語り、そして突如狂ったように彼女を犯すのである。東京に数ある旅館・ホテルのどれよりも、ステーションホテルは青木の堕落の始まりの場にふさわしい。

かつて満鉄調査部には青木のような足で任務を果すタイプの東亜同文書院系の人々のほかに「東大京大など内地の秀才コースを歩んでのち」やってきた「考え方もリベラル、理論的能力はずばぬけ〔略〕社会主義の洗礼を受けていた人々」がいた。兼愛園においても「学生時代の過激な経歴」を持ち、たちまち「最も有能な彼の事業の協力者」となっている中里徳雄がいる。

青木よりも四歳年少の妻房江は戦後子どもを生むことなく発狂しており、「私にはもう自分の子供がない」（満州で見殺しにされた二人の男子は名前さえ語られぬ）と秘書に後継者問題を語る青木は、満州国皇帝の溥儀と同じ立場に置かれている。溥儀にも子どもがおらず、皇后秋鴻は「阿片中毒患者」であったのだ。しかも有能なる水谷久江と中里の上にたつ青木は、すでに二人の傀儡化しており、これに気づいた青木はかつて自らが説いた「悪魔的な国家論」を思い出す。青木が酒に溺れ女性職員たちを犯し、園長の座を去っていく経緯はすでに述べたが、それは満州国の傀儡の王に「阿片をあたえ女をあたえて、人格的に破綻させ、その座を奪う」という謀略の通りであった。

　受賞の夕べ、満州青年連盟旧同志が開いた祝いの席で再会したひとりから、青木は自ら語っていた昔の言葉を指摘される——「自立しえないものは保護せねばならない。民族にもまた、幼児期と青年期と老年期のそれがある、と。君が羨ましいのは〔略〕おそろしく変貌していながら、しかも妙に一貫したところがあること」である等々。そして青木自身、満州国と兼愛園とは「何もかわってはいない。規模の差に極大と極小の相違こそあれ、つらぬいている論理はまったく同じ」であることを悟らされるのである。

　「理論を失った人間は逸話と暗喩に生きる」と青木は描かれているが、その青木が築いた児童養護施設とは満州国を極小化した世界であった。両者は満州国のような兼愛園という明喩の関係にではなく、満州国の兼愛園というべき暗喩の関係にあるのだ。兼愛園が満州国の暗喩であり、そのいっぽう兼愛園が戦後日本社会を映し出しているとするならば、そもそも満州国とは戦後日本の暗喩にすぎず、戦後日本もまた満州国の暗喩にすぎない――満州国十四年、戦後日本十八年（ただし青木の場合シベリア抑留二年を含む）、両者が等価に思われ互いに暗喩として存在すると思われたとき、兼愛園の王青木は狂いはじめ、その狂気のなかで戦後日本国家に対決を挑んでいく、と高橋和巳はこの物語を構成しているのである。

（五）戦後日本――満州国の陰画

『堕落』の作者は、授賞式から約二カ月後、青木が兼愛園から出奔する夜の一場で、養護施設のために「国家から金銭を強奪した時、彼は崩れなかった。にもかかわらず、民間企業である新聞社からの布施を受けたとき、なぜ」と読者に問いかけている。新聞社、とりわけ神戸の福祉事業を東京で表彰する全国紙とは、かつて満州事変に際しようやく実用化されつつあった長距離用の飛行機など当時のハイテクを駆使して戦争報道、特に戦場の写真速報を行い、前年に始まる昭和恐慌による発行部数減を回復したメディアではなかったか。『大阪朝日新聞』『大阪毎日新聞』は満州事変勃発と同時に十六年来の十二ページ建てを十六ページ建てに増やしている。

その後も新聞は国民に対し王道楽土の満州国というイメージを与えつづけた。たとえば一九三五年四月満州国皇帝溥儀の訪日に際し、新聞の記念号には「東亜史に輝く御盛事／日満の結合愈々固し」という見出しが踊り、東京では朝日新聞社主催で大満州国展が開催された。「築かれゆく王道樂土／露支も事実上承認」という報道もされている。新聞社は関東軍とは別の次元で満州国建国に大きな役割を果したのであり、青木にとって新聞社による認知は国家による認知にほぼ等しい意味をもったといえよう。

　表彰が兼愛園に回ってきたとき、なぜ青木は「誇るべきなにものもそなわってはいないこと」を「唐突に自覚した」のか。司会者の紹介する通り、親が日本人ではない子どもの養護施設の経営とは「本来それをなすべき国家にかわ」る事業であり、東洋第一のダム建設比べても遜色の無い「努力」ではなかったか。しかしそれゆえにこそ、青木は壇上に立ち尽くしたまま挨拶の言葉を失い「醜い中年の涙」を流しつつ、「内地にひきあげてきて以来、俺の人生は本当は虚無だった。今の俺は形骸にすぎない。そしてその形骸（傍点はいずれも引用者による）を称讃しようとするあなた方は、悪意の者か、でなければ虚偽だ」と悟るのであった。

　「敗戦後の青木」は国家という「理論を失」い「国家なしで生きてゆくことを夢想」したが、兼愛園は組織の拡大とともに「国家や官僚との関係」を「必然的に生」ぜしめ、満州国の暗喩として成長していた。今や兼愛園は、建国の「理想」を裏切ってたちまち形骸化し、日本の敗戦により虚無となった満州国に等しいと確信されたのである。それは青木が「矛盾そのもの」である自らの「存在」を自覚したことを意味する。

高度経済成長期とは、戦後日本国家の像がほぼ浮き彫りされる時代であった。兼愛園もその存在を国家的に認知された。その時、青木は自分が「幻の国の建設に青春を捧げ、王道楽土の理念を信じた者にふさわしい崩壊の形式〔略〕自他ともに、それが完膚なき破滅であると確認される形式」が完成したことに首都東京で気づく。「陰謀や建策はことごとく破綻しながらも青春を政治的人間として生きてきた青木もまた、政治的人間として滅び」ゆこう――その決意は授賞式の壇上で彼の内部で「見極めがたい曠野のイメージと、喪った時間の痛みとが隠微な軋み音をたてた」その一瞬に、「自律」的に決せられたものであった。

兼愛園において「十八年間、人に手を出すことはおろか、罵声一つあびせたことのなかった」青木は、授賞式後に一変狂王となり、放伐と禅譲を兼ねるがごとき王位交代劇を自ら演じる。兼愛園での乱行、悪名高い場末の殺人の果て収容された未決監まで面会に訪れた水谷に王権を渡すに際し狂妻の世話の依頼を失念した青木――それは国家、共同体、家のすべてを裏切る完膚なき破滅であった。破滅して初めて青木は満州国を、そしてそれが暗喩する戦後日本を告発するのである。

授賞式の夜、東京で再会した満州青年連盟の旧関東軍参謀らは実は「〈幻のクーデター事件〉」の陰謀を巡らしており、青木は兼愛園出奔後、事件がすでに発覚、一党の者が警視庁で取り調べを受け国会に喚問されたというラジオニュースを飲み屋で聞く。これは三無事件（一九六一年十二月）をモデルとしたものであろう。満州国建国の理想を今も単純に信奉するかつての同志のクーデターに大笑いして飲み屋を出たのち、青木はかつあげしようと襲ってきたチンピラ二人をあの黄色いビニール傘で刺し殺す――あたかもかつて満州で見殺しにした二人の幼い息子たちの復讐を遂げるが如く。かくして国家による裁きを待つ身となった青木が、未決監の冷たいコンクリートの壁に囲まれた廊下で、裁判官に投げつけるべく反芻する言葉は――

私は私と同じ罪、同じ犯罪の共犯者である日本人たるあなた方〔略〕何事もなかったように着々と出世し〔略〕議会や官庁で鉄面皮な受け答えをし、テレビにうつし出されては、未来に何の不安もないかの如く、にやにやと笑いながら嘘八百を並べたてていた、この国の指導者、立法者、行政者、そして司法者たち。私はあなた方にこそ裁かれたかったのだ

ここで作者高橋は児童養護施設をめぐる物語から一気に国家をめぐる物語へとその主題を露にする。満州国に参与した「共犯者」が建国したのが戦後日本であり、満州国とは戦後日本の暗喩であると同時に、戦後日本こそ満州国の陰画に他ならぬと狂王青木に告発させて『堕落』という物語を終えているのである。

この物語に組み込まれた歴史時間は一九六三年末までだが、その翌年十月には、第一八回オリンピック大会が東京で開催されている。新聞社の授賞式に青木や黒部ダムの技師たちと共に臨んだ団体に「スポーツ界に覇をとなえたバレーボールの女子チーム」があるのも興味深い。これが六二年世界選手権で優勝したニチボーチームを指しているのを了解するのは容易である。「意外に背丈の低い監督」（「おれについてこい」の大松監督だ）は続けて東京オリンピックでも「東洋の魔女」たちを率いて優勝するであろう。

東京は過去に一度、一九四〇年の第一二回大会の開催地と決められたものの、日本の中国侵略と第二次大戦勃発のため開催を返上した経緯があった。そして六四年の開会式では昭和天皇が開会宣言を述べた。かつて関東軍司令部が機密文書「満洲国の根本理念と協和会の本質」で「満州国皇帝は〔略〕天皇に仕へ天皇の大御心を以て心とすることを在位の条件となすものなり」と定め、天皇を太陽に、満州国皇帝を天皇の光を受けて輝く月に喩えた。その天皇が戦後日本国家の象徴として「平和の祭典」の開会を宣言し、そのもようはオリンピック史上はじめて人工衛星で世界に向け世界中継された。東京オリンピックは戦後日本国家と天皇との世界的認知の儀式であったともいえよう。

太田代志朗ほか編『高橋和巳の文学と思想：その「志」と「憂愁」の彼方に』は、高橋文学をめぐる最新の評論集であり、同書収録の鈴木貞美「高橋和巳に誘われ」は深い共感から発せられた批評であるが、以下の『堕落』の評価は正鵠を失するものではないだろうか。

なぜ、最後に獄中で青木は、道徳とは無縁なものと見切ったはずの「国家」に裁かれたいと願うのか。一度でも深く、ありうべき国家の幻影を追った者は、国家という幻想に骨がらみにされてしまい、終にそこから出ることはできない。『堕落』の作家は、かかる命題を読者の前に突き出して見せたことになる。〔略〕しかし、いま、『堕落』のことに限定してよいが、高橋和巳のそのような志向のしくみは葛藤を書くことに終止するサイクルに閉じてしまっている。

高橋和巳が『堕落』を一九六五年の文芸誌六月号に発表し、四年後に単行本として上梓した六〇年代とは、五〇年代後半から始まっていた高度経済成長の最中であるいっぽう、公害問題が深刻化して公害対策基本法（六七年八月）が制定されるなど、戦後日本の国家建設への反省が深まった時期でもあった。「学園紛争」（あるいは「大学闘争」）も戦後体制への批判であった。高橋和巳に満州国および戦後日本の陰画としての狂王青木の物語の筆を執らせたものは、六〇年代の天皇の世界への復権に対する反問であり、満州国の暗喩として戦後日本に対する疑問ではないだろうか。未決監における青木の無言の叫びは次のように終わっているのである。

「私を裁くものは国家であることこそ望ましい〔略〕この東方の小島の上に君臨する権力、一たび世界性を持とうとし、もろくもついえた国家であるべきだ〔略〕それはつかの間に滅びたけれども、いかなる王道、いかなる仁政もまた、それに先行する覇道の上にしか築かれない。いずれは滅びるものとしてのその覇道に私は荷担し参与した。さあ裁いてみよ。国家を建設するということがどういうことか、国家とは何であるか、あなた方に解っているなら、裁いてみよ。国家の名において裁いてみよ……」

（六）村上春樹の満州国

村上春樹がデビュー作『風』を文芸誌『群像』に発表したのは一九七九年、その翌年に最初の短篇小説「中国行きのスロウ・ボート」を文芸誌『海』に発表、そして最初の本格的長篇小説『羊めぐる冒険』（以下『羊』と略す）を再び『群像』に発表したのは八二年八月のことであった。この三作を通じて、戦前期日本の中国侵略をめぐる記憶は次第に深まり、『羊』においては満州国の記憶が最大のテーマとして浮上し、次のような物語が展開するのである。

友人と広告代理店を共同経営していた二十九歳の「僕」は、一九七八年七月に結婚四年後にして妻に去られ、離婚の際に妻は衣類・小物から写真までまったく自らの痕跡を残さず、アルバムは「完璧に修整された過去」となっていた。それでも翌月には「魔力的なほどに完璧な形をした一組の耳」を持つ新しいガール・フレンド（出版社のアルバイト校正係と耳専門の広告モデルおよびコール・ガールを兼務)を得て、孤独な暮らしから抜け出そうとしていた。

　そこにある日突然、右翼の大物の「先生」から「全権を委任」されたという黒服の秘書――「端整な顔だちではあったが無表情」な顔の男性――から脅迫され、「僕」がPR誌に使った写真の中の背中に「星型の斑紋」のある羊を探すことになる。「先生」は戦前は満州で暗躍し「中国大陸をあらしまわ」って「隠匿資産」を築き、戦後は「保守党の派閥をひとつ買い取って」「広告業界と政権政党の中枢を握」り地下の王国を築いた。「先生」は当初は「凡庸な行動右翼」であったが、「一九三六年の春を境にして」カリスマ性・論理性・演説能力・政治的予知能力・決断力、「そして何よりも大衆の持つ弱点をてこにして社会を動かしていける能力」を身に付け「右翼のトップにおどり出た」。その理由はこの星型斑紋の「とても・特殊な・羊」が「先生」の体内に宿り、「先生」を通じて邪悪な権力の意志を行使してきたためであった。しかし今や「先生」は羊を失ったために死に瀕しており、「王様の死」は地下の王国の崩壊を招こうとしていた。秘書は「先生」の体内から抜け出したこの羊を探し当て、「空間を統御し、時間を統御し、可能性を統御する観念」である「意志」を引き継ごうとしていたのだ。

　羊の写真は「僕」の親友「鼠」が北海道から送って来て、「人目につくところにもちだしてほしい」と頼んだものだった。「魔力的な〔略〕耳」を持つガール・フレンドの霊感に助けられながら、「僕」は「鼠」が滞在している北海道に渡り、旧開拓村にある彼の父の別荘を探し当てて訪ねていくが、「鼠」は「羊つき」になったものの、羊の宿主となる代償として羊が示唆した「気が遠くなるほど美しく、そしておぞましいくらいに邪悪な」もの、羊が「先生」を利用して作りあげた「強大な権力機構」を引き継ぐことを拒否して、羊を呑み込んだまま自殺していた。「鼠」は亡霊となって現れて「僕」にこの秘密を明かし、ある頼み事をするのだった。

前引のジェイ・ルービンの評伝『ハルキ・ムラカミと言葉の音楽』（新潮社、二〇〇六年）には、村上が一九九二年十一月にカリフォルニア大学バークレー校で行った講演「羊男と世界の終わり」の未刊原稿から次の一節が引用されている。

本物の羊を見るために北海道に行きました。〔略〕実際の羊を目にして、羊を飼育している人々の話を聞いて、役所に行って資料をしらべました〔略〕羊は明治維新の折に外国から珍しい動物としてもたらされて、日本政府によって政策として飼育を奨励され、そして今では経済効率の悪さからほとんど見捨てられかけている動物であるということを知りました。羊の運命というものは、ある意味では日本という国家の無謀なほどの速さでの近代化の、ひとつの象徴でもあったわけです。そのようにして僕は「羊」というキーワードを使って長編小説を書こうという気持ちを固めていきました。

「無謀なほどの早さでの近代化」を遂げた日本は、その過程で傀儡政権の満州国を造り出しており、この戦前の対中国侵略をめぐる記憶が、一九八〇年代日本で日常生活を生きながら「街を失くし、十代を失くし、友だちを失くし、妻を失くし、あと三ヵ月ばかりで二十代を失くそうとしていた」「僕」を冒険へと連れ出したのである。

満州国と現代日本、そして『羊』との歴史的関係をめぐっては、文芸批評家の川西政明が次のように指摘している。

経済的にいえば、三〇年代の満洲で岸信介ら若手官僚が企画した計画化構想が戦後日本の経済システムとして活用された。そのとき計画化と民主化がドッキングした官僚主導の日本型経済システムができあがった。今、日本が世界から迫られている規制緩和、内需拡大、自由化を阻害する日本型システムは、満洲を発生源としている。

羊とは戦時下、戦後、現在の経済、政治、社会、文化を串刺しにする日本精神を象徴している。(『わが幻の国』講談社、一九九六年)

ルービンも「この作品が学生運動というかぎられた範囲から一歩外に踏みだした初の小説で、アジア大陸と日本の悲劇的な遭遇を探究していることは重要だ」と論じている。

ところで村上が「本物の羊を見るために北海道に行」ったきっかけとは、『風』に続く一九八〇年の作品『１９７３年のピンボール』の中の「刈りこまれたつつじが草をはむ羊のような姿でところどころに散らばっていた」という描写が、高橋たか子（一九三二〜二〇一三年）から批判されたためであった。彼女は日本には羊がいないのだから、不適切なたとえだと考えたのだ。しかし村上は日本にも羊がいるに違いないと確信し、調査を開始したというのである。

「日本には羊がいない」と批判して、間接的に村上の『羊』執筆のきっかけを作った高橋たか子とは、『堕落』の作者高橋和巳の妻で、夫の死後に作家となった人である。高橋和巳『堕落』の単行本版が刊行されたのが一九六九年二月、村上が早稲田大学に入学したのはその前年の四月のことである。それから十年余りが過ぎて、村上が『羊』を執筆する際に、彼の脳裡に『堕落』が浮かんでいたのではないだろうか。

『堕落』は満州国十四年、戦後日本十八年の両者の歴史が等価に思われ互いに暗喩として存在すると思われたとき、兼愛園の王である青木が自暴破滅して王座を新女王に譲り、狂気のなかで戦後日本国家に対決を挑んでいく物語であった。そして『羊』もまた戦後三十四年にして、満州国に由来する地下王国の王の交代の物語である。

『堕落』の王が満州国の建国と崩壊を反復するが如く、ほとんど一直線に自暴破滅して行くのに対し、『羊』の王たちは寡黙である。王たちに代わって、自ら「退屈な人生を求めている」

「僕」が、気が進まないままに半ば「気が狂ってる」秘書の筋書通りに――秘書が「僕」に対し筋書の存在を明かすのは最後の場面に至ってからのことだ――、半ば謎のガール・フレンドに励まされ、もっぱら「鼠」との友情のために羊探しの冒険に乗り出して、知らぬ間に王の代替わりの秘儀を明らかにしていく――という物語を『羊』という小説は語るのである。『羊』においては一見余談のような対話やエピソードが次々と繰り出され、『堕落』の緊密な物語構成とは対照的ではある。しかし『堕落』の末尾の狂王青木の挑戦的言葉――「さあ裁いてみよ〔略〕国家とは何であるか、あなた方に解っているなら〔略〕国家の名において裁いてみよ」に対する回答として、次の「鼠」の言葉を読むことができるのではないだろうか――それは権力欲みなぎる悪魔的な羊が操る王の交代劇を、命掛けで阻止する「鼠」の言葉である。

「俺は俺の弱さが好きなんだよ。苦しさや辛さも好きだ。夏の光や風の匂いや蝉の声や、そんなものが好きなんだ。どうしようもなく好きなんだ。君と飲むビールや〔略〕」

星型斑紋の羊が「鼠」に示唆した「気が遠くなるほど美しく、そしておぞましいくらいに邪悪な」ものをめぐり、村上は「鼠」にそれ以上具体的には語らせていない。その美しく邪悪な観念とは、たとえば『堕落』で青木たちが満州国建国前に謀議した「悪魔的な国家」像ではあるまいか。邪悪な陰謀に支えられたこの国家論に対する思想的償いとして、青木たちは「シナよりも日本よりも進歩した制度をここに作りあげる」と主張し、「神が死ぬことによってすべてが許されるのではなく、国家が神に代ることによって〔略〕のみすべては許される〔略〕この土地に、あらたな国家を建設することによって〔略〕われわれは永遠に正義」であるという論理を振りかざした。しかし戦後生まれの村上は戦後一八年にして自暴破滅した青木を知っており、自分の弱さや苦しさつらさを味わう「人生における小さくはあるが確固とした幸せ」こそを守るべきと考えて、「鼠」には自殺兼謀殺の道を選ばせたのではないだろうか。

『羊』の末尾で「鼠」が愛おしむ「夏の光や風の匂いや蝉の声」とは、『羊』冒頭に登場する「僕」の学生時代のガール・フレンドが好んだ「水曜日のピクニック」を連想させる。「雑木林を散歩しながらＩＣＵのキャンパスまで歩き〔略〕芝生に寝転んで空を見上げた〔略〕本当のピクニック」である。彼女の名は「誰とでも寝ちゃう女の子」。「一九七〇年十一月二十五日」には二人はＩＣＵラウンジの「ヴォリューームが故障」したテレビで「三島由紀夫の姿」――三島による東京・市谷の陸上自衛隊東部方面総監室での割腹自殺をめぐるニュースであろう――を見ているが、その日の夜、彼女は「僕」に「二十五まで生きるの〔略〕そして死ぬの」と言う。その後、二人は別れたようすで、僕は「一九七八年七月彼女は二十六」で交通事故で死亡したことを知るのであった。『羊』という物語は「第一章　１９７０／11／25」としてこのように始まっているのだ。

「羊をめぐる冒険」とは直接関わりのないエピソードは次の「第二章　1978／7月」でも繰り返される。「誰とでも寝ちゃう女の子」の葬儀後に、ひとりで新宿で飲み明かした「僕」が自宅のアパートに朝帰りすると、自宅では一カ月前に出て行き離婚した元妻が待っていた。二度目の離婚をすることとなった彼女は、「残りの荷物を取りに来た」のだ。妻が一物として残すことなく去った後、彼女が「僕」の友人と不倫をして「僕」に離婚請求を行った原因を、僕はあれこれと説明しているが、結局「彼女にとって、僕は既に失われた人間だった〔略〕僕が彼女に与えることができるものはもう何もなかった」と総括される。続けて「7月24日午前8時25分。」と改段された段落で日付時刻が示されると、再度の改段後に「僕はデジタル時計の四つの数字を確かめてから目を閉じ、そして眠った。」と記されて第二章は終わる。その後ようやく「第三章　1978／9月」の幕開けとなり、「魔力的な〔略〕耳」を持つ女性が「僕」の新しいガール・フレンドとなり、「先生」の秘書が「僕」を脅迫して「冒険」が始まるのである。

この「魔力的な〔略〕耳」のガール・フレンドが初対面時に「僕」に告げる言葉が「退屈な人生を求めているのがあなた」である。村上は心理学者の河合隼雄との対談で「デタッチメント」という言葉を使っているが、『羊』の主人公の自ら「退屈な人生を求」める生き方とは、「デタッチメント」といえよう。村上は「(中国語や韓国語の読者が：引用者注）求めているのはデタッチメントなんですよね。つまり自分が社会とは別の生き方をすること、親とは別の生き方をすること、そういうものをぼくの小説の中から読み取って」いるという文脈でこの言葉を使っている。

『羊』冒頭二章で語られる「誰とでも寝ちゃう女の子」の死と「自分が社会的不適合者であると考えていた」妻との離婚という二人の女性に関わる出来事は、「僕」のデタッチメント性による被害の結果なのであろう。それは「僕」においては『堕落』の二人の幼い息子を死地へと追いやった青木の罪にも匹敵するものに違いない。

そして高橋和巳が『堕落』において示唆したと思しき一九六〇年代天皇の世界への復権に対する反問を、村上春樹は『騎士団長殺し』において、南京事件をめぐる日本画画家の記憶と彼の作品「騎士団長殺し」として継承することであろう。

第5章 「トニー滝谷」と『ねじまき鳥クロニクル』

（一）「トニー滝谷」——省察なき父子の戦中戦後の人生

「トニー滝谷の本当の名前は、本当にトニー滝谷だった」という同義反復風の一句で始まるのが、村上春樹の短篇小説「トニー滝谷」である。その形成過程もロング・バージョンとショート・バージョンを反復修整する複雑なものであった。しかも同作の創作・改作の過程を包み込むようにして長篇小説『ねじまき鳥クロニクル』（以下『ねじまき鳥』と略す）の創作・改作過程が進行しており、『ねじまき鳥』の改作とは取りも直さずトニー滝谷というイラストレーターの登場と消失なのである。

「トニー滝谷」は初出誌（『文藝春秋』一九九〇年六月号）掲載から一年後の『村上春樹全作品1979～1989⑧』（講談社、一九九一年七月）収録を経て、さらに五年後の短篇小説集『レキシントンの幽霊』（文藝春秋、一九九六年十一月）再度収録までに三度にわたる修整を施された。村上自身はこの「トニー滝谷」改作経緯をめぐる「ちょっとややこしい」状況について、次のように語っている。

> 僕は最初にロング・ヴァージョンの**トニー滝谷**を書いた（a）。そしてそこから余分なものをぎりぎりまで切り捨てて、はぎとって、ショート・ヴァージョン（あるいはミニマリスト・ヴァージョン）の**トニー滝谷**を書いて、それを『文藝春秋』に掲載した（b）。そして今回全集に収録するにあたって、（b）をあらためて長くして二回目のロング・ヴァージョンを作った（c）わけである。どうしてそんな面倒なことをするのかときかれても、僕にもよくわからない。しかしとにかく、この作品に限って長く延ばしたり、短く縮めたり、いろいろと試してみたかったのだ。

前述の通り村上は「全集」すなわち『村上春樹全作品１９７９～１９８９⑧』収録から五年後に単行本の短篇小説集『レキシントンの幽霊』（一九九六年十一月）収録時にも、「トニー滝谷」に三度目の微修整を施している。最初の「ロング・ヴァージョン（a）」は未発表で字数は不明だが、初出誌版の「ショート・ヴァージョン」が四百字詰め原稿用紙にして三十二枚ほどであるのに対し、『村上春樹全作品１９７９～１９８９⑧』版の「ロング・ヴァージョン」は四十七枚であり、それを微修整した単行本版もほぼ同じ字数である。三度にわたり大小の添削を行ったというのは「ちょっと」どころか、相当に「ややこしい」経緯であり、それは村上の同作に対する思い入れの深さを物語っているといえよう。その深い思い入れとは、『ねじまき鳥』という長篇執筆の動機とも密接に関わっていたものと思われる。

本書では各種の「トニー滝谷」版本の差違を丁寧に読み取るために、時系列に①〜④の番号を振って各版本を「①未発表版ロング・バージョン」「②初出誌版ショート・バージョン」「③全作品版ロング・バージョン」「④単行本版ロング・バージョン」と呼ぶことにしたい。また適宜「ロング・バージョン」「ショート・バージョン」を省略して「①未発表版」「②初出誌版」「③全作品版」「④単行本版」とも称したい。ただし「①未発表版」は幻の版本であり、現在のところ調べようもない。

まずは「④単行本版ロング・バージョン」に基づき、「トニー滝谷」という作品のあらすじを確認しよう。それは青春期を戦時中の日本占領下の上海でジャズマンとして送った父の滝谷省三郎と、戦後の高度経済成長期の東京で美大生から売れっ子イラストレーターへと成長した息子のトニー滝谷という滝谷親子の物語である。二十一歳の時（すなわち一九三七年、日中戦争開戦の年）に上海に渡り、「陸軍の高官や、中国人の金持ち連中や、その他様々な正体不明の方法で戦争から莫大な利益を吸い上げている羽振りのいい連中と親しく」付き合っていた省三郎は、日本の敗戦後、戦犯容疑で中国軍に逮捕投獄されて、危うく処刑されそうになった。一九四六年春に三十歳で帰国してジャズ・バンドを結成、米軍基地を巡業して回り翌年に結婚したものの、妻は四八年に男児を産んでまもなく亡くなり、ジャズ好きな友人のアメリカ軍将校が名付け親となって、自らのファースト・ネームであるトニーという名前を息子に付けてくれた。

息子のトニーは孤独に育ったが、絵描きは大好きで、美大を卒業すると彼の「精密でメカニックな絵」は「写真に撮るよりも正確であり、どんな説明の言葉を尽すよりもわかりやすかった。彼はあっという間にひっぱりだこのイラストレーターになった」。著名になり、やがて「まるで別の世界へと飛び立つ鳥が特別な風を身にまとうように、とても自然にとても優美に服をまとって」いる二十二歳の出版社のアルバイト女性に一目惚れして結婚し、幸福な家庭を築き始める。こうしてトニーの「人生の孤独な時期は終了した」かに見えたが、妻が「まるで何かの中毒みたいに」高価な服と靴を買い漁るため、トニーが彼女に「少し服を買うのを控えたら」と意見したところ、妻は素直にそれに従いブティックに返品に行くものの、その直後にふと迷いが生じた隙に交通事故死してしまう。トニーはいったんは妻と同じ体型のアシスタントを募集し、彼女に妻の服と靴を着て勤務してほしいと頼むが、「何百着という美しい服がそこにずらりとなら」ぶ衣装室で「死んだ女の残した服を身にまとったまま、声を殺してじっとむせび泣」く彼女を見たのち、「もう何をしたところで、全ては終わってしまった」と思い、彼女の雇用を中止して、古着屋を呼び服を処分する。トニーはときどき空っぽの衣装室の床に座って壁を眺めたが……。

記憶は風に揺らぐ霧のようにゆっくりとその形を変え、形を変えるたびに薄らいでいった。それは影の影の、そのまた影になった。そこに触知できるのはかつて存在したものがあとに残していった欠落感だけだった。

妻の死から二年後に父の省三郎も肝臓癌で亡くなり、残されたジャズ・レコードの膨大なコレクションを衣装室に積み上げたのちは、トニーはこの部屋にはほとんど入らなくなった。やがてレコードの存在が彼を「息苦しく」させたのは「記憶は不鮮明だった。しかしそれはそこに、しかるべき重量を持ってきちんと存在していた」からなのであろう。父のレコードも売り払ったのち、「トニー滝谷は今度こそ本当にひとりぼっちになった」という言葉でこの物語は幕を閉じる。

（二）四種の版本、三度の改稿

「トニー滝谷」の「③全作品版ロング・バージョン」と「④単行本版ロング・バージョン」との差異は、たとえば前引の「まるで何かの中毒みたいに。／しかしなんとかそこから脱け出してみると彼女は約束した」という一句が「③全作品版」の「しかし彼女はそれを〔それはまるで薬物中毒のようなものなのだと彼女は言った）なんとか治癒すると言った」という一句を書き直したものである点など数カ所にすぎない。このように「③全作品版」と「④単行本版」との二つの「ロング・バージョン」の差違は少ないが、「②初出誌版ショート・バージョン」との差は、四百字詰めの原稿用紙四十七枚と三十二枚という字数の違いからも想像できるように極めて大きい。たとえば「③全作品版」は冒頭の第一段落で五百十八字を費して父省三郎の上海体験を次のように記している。

〔略〕彼の父親は滝谷省三郎という、戦前から少しは名を知られたジャズ・トロンボーン吹きだった。しかし太平洋戦争の始まる四年ばかり前に、女の絡んだ面倒を起こして東京を離れなくてはならなくなり、どうせ離れるならということで楽器ひとつを持って中国にわたった。その当時、長崎から一日船に乗れば上海に着いた。彼は東京にも日本にも、失って困るようなものを一切持ちあわせなかった。だから未練の持ちようもなかった。それにどちらかといえばその当時の上海という街が提供する技巧的なあでやかさの方が彼の性格にはよくあっていたようだった。揚子江を遡る船のデッキに立ち朝の光に輝く上海の優美な街並を目にしたときから、滝谷省三郎はこの街がすっかり気に入ってしまった。その光は彼にひどく明るい何かを約束しているように見えた。彼はそのとき二十一歳だった。

そのようなわけで、日中戦争から真珠湾攻撃、そして原爆投下へと到る戦乱激動の時代を、彼は上海のナイトクラブで気楽にトロンボーンを吹いて過ごした。戦争は彼とはまったく関係のないところで行われていた。要するに、滝谷省三郎は歴史に対する意志とか省察とかいったようなものをまったくといっていいほど持ち合わせない人間だったのだ。

これに対し「②初出誌版」該当部は以下のように「③全作品版」の四割弱の百九十八字であった。

〔略〕彼の父親は滝谷省三郎という、戦前から少しは名を知られたジャズ・トロンボーン吹きだった。しかし戦争の始まる三年前に、ちょっとした面倒を起こして東京を離れなくてはならなくなり、どうせ離れるならということで中国にわたった。そして日中戦争から真珠湾攻撃、そして原爆投下へと到る戦乱激動の時代を、上海や大連のナイトクラブで気楽にトロンボーンを吹いて過ごした。

「②初出誌版」は省三郎の上海渡航時期を「太平洋戦争の始まる四年ばかり前」という日中戦争開戦の年から「戦争の始まる三年前」すなわち開戦二年目にずらしており、「朝の光に輝く上海の〔略〕」という省三郎の上海第一印象も略しているいっぽう、「上海や大連のナイトクラブで〔略〕」と舞台の一つとして満州の主要な商港である大連の街を加えている。そして「要するに滝谷省三郎は歴史に対する意志とか省察とかいったようなものを〔略〕」という人物評がすっぽりと抜け落ちている点も注目に値しよう。

村上春樹が「②初出誌版ショート・バージョン」発表後に「③全作品版ロング・バージョン」を書き、さらにこれに微修正を加えて短篇集用に「④単行本版ロング・バージョン」を執筆したのは、日中戦争と省三郎の上海体験、そして彼の名前とは正反対の歴史に対する反省の欠落を浮き彫りにするためであったろう。村上がその存在を明らかにしている「①未発表版ロング・バージョン」と「③全作品版」「④単行本版」二種のロング・バージョンとの差違を知りたいところだが、前述の通り「①未発表版」は未発表のため、現在のところこの願いがかなうことはない。

ちなみに省三郎という名前からは『論語』「学而第一」篇に見られる孔子の弟子であった曽子の言葉「吾日三省吾身（吾れ日に三たび吾が身を省りみる）」が容易に連想されるだろう。吉川幸次郎はこの言葉の意味を「私は、毎日、三つの事柄について、私自身を反省する」と反省の内容などについても解説している。本章では滝谷省三郎の名前に関して、とりあえず「反省」という含意に注目しておきたい。

省三郎はその名に反して日中戦争という「歴史に対する意志とか省察」をまったく欠いた人間

であり、戦時中は日本占領下の上海で浮かれて暮らし、戦後はアメリカ占領下の日本でジャズの好きな占領軍将校より厚遇されてお気楽に暮らしていた。省三郎のような父を持ったトニーもまた、一九六〇年代末の「大学闘争」期に「まわりの青年たちが悩み、模索し、苦しんでいるあいだ、彼は何も考えることなく黙々と精密でメカニックな絵を描き続けた」のである。

二〇〇四年に市川準監督、イッセー尾形、宮沢りえ主演で製作された『トニー滝谷』もこのロング・バージョンをほぼ忠実に映画化したものである。トニー滝谷役を演じたイッセー尾形は、雑誌の村上春樹特集号に寄せたエッセーで次のように記している。

外側の「服」を自分のすべてと規定していた妻〔略〕残った大量の洋服を秘書に着せようとする主人公の愚〔略〕外側だけを人間のすべてとするなら、取り替え可能と考えても不思議はないと思える読後感〔略〕一般的にはコマーシャルの作品で有名な監督だから、映像美の延長と思われるリスクを背負いながら、「心がない映画」をつくったのは脱帽するばかりです。

トニー滝谷の「心がない」、すなわち妻の記憶を喚起してくれる衣裳を処分し、父の戦中戦後の記憶のよすがとなるレコードも売却してしまうとは「デタッチメント」性の極めであろう。戦中戦後の歴史に対し意志も省察も持とうとしなかった父、「大学闘争」期に「何も考えることとなく黙々と精密でメカニックな絵を描き続けた」息子、この父子は優れた技工により経済的に豊かではあっても歴史の記憶も個人的思い出も忘却しており、父が戦犯として上海の刑務所で処刑寸前に至る孤独な体験をしたように、息子も妻と父を失ったのち監獄のような空っぽの衣装室で「本当にひとりぼっち」にならねばならなかった。

父の省三郎が上海の刑務所の独房で死を覚悟し、「のんびりと口笛を吹きながら〔略〕しみだらけの壁の上にこれまでに寝た女の顔や体をひとつひとつ思い浮かべていった」のに対し、トニーがときどきかつての妻の衣装室に入り、ただぼんやりと座って「壁をじっと眺めて」いると、「そこには死者の影の、そのまた影があった」。「死者の影」とは亡妻の衣裳のことである。年月の経過に伴い、「その色や匂いの記憶もいつしか消え〔略〕かつて抱いたあの鮮やかな感情さえもが、記憶の領域の外へとあとずさりするように退いていった。記憶は〔略〕影の影の、そのまた影になった。そこに触知できるのはかつて存在したものがあとに残していった欠落感だけだった。時には妻の顔さえうまく思い出せなくなることがあった」。トニーが思い出せたのは「かつてその部屋の中で妻の残していった服を見て涙を流した見知らぬ女のこと」であった。器機類の精巧な模倣画のみを書いてきた彼の記憶には、妻の心ではなく彼女の外側の衣裳のみが残され、さもなくば妻の模倣画的存在である秘書候補しか思い出せないのである。ここに彼の孤独は極まったといえよう。

戦争体験の忘却という罪を犯した父を持つ息子が、再び記憶の消去という罪を犯して孤独という罰を受ける、という父子二代の因果物語が「トニー滝谷」なのではないだろうか。

（三）消えた「トニー滝谷」

長篇小説『ねじまき鳥』（一九九四年、九五年）にねじまき鳥はその姿を現さない。姿を見せぬねじまき鳥に替わって、物語の重要な舞台となる空き家の旧宮脇家の庭には、涸れた井戸と共に「翼を広げた鳥をかたどった石像」が置かれており、「それがどんな種類の鳥であるのかは僕にもわからなかったけれど」、やがて主人公の「僕」はこの空き家の隣家の娘の笠原メイから「ねじまき鳥さん」と呼ばれるようになり、「世界が動き続けるように自分が「ねじを巻かなくてはならない」と自覚するに到る。

全三部の大長篇『ねじまき鳥クロニクル』を、文芸批評家の清水良典は「ストーリーの根幹を担っているのは、岡田亨とその妻、久美子と彼女の兄、綿谷昇の三人である」と整理した上で、物語の構成を次のようにまとめている。

法律事務所を退職してそのまま主夫生活に入ったトオルのもとから、まず猫が、次いで雑誌編集部に勤めていたクミコがふいに失踪する。その失踪の秘密の鍵を握っているのは綿谷ノボルらしい。そこでトオルは、顔も見たくないほど嫌いな綿谷ノボルと正面から闘わなければならなくなる。夫婦関係と人間関係のトラブルだけをモチーフとしているのなら、この小説は基本的にはこの三人の葛藤と対立を解きほぐしていくだけで解決する〔略〕そのストーリーがこれほど複雑で長大になる理由は、三人のトラブルをメタファーとして、人間の心の深層という迷宮を発掘しようとしているからに他ならない。そのためにその他のキャラクターには、いわば迷宮向けの役割が分担されている。（『村上春樹はくせになる』朝日新書）

清水良典は、夫婦と妻の兄とのあいだの三角関係および「迷宮向けの役割」を分担する「その他のキャラクター」という視点から鮮やかに『ねじまき鳥』を解説しているのだが、同作を現代日本における歴史の記憶（後述の村上春樹の言葉を借りれば「記憶の影」）という時空的視点から読むとどうなるだろうか。トオル・クミコ・綿谷ノボルの三角関係およびその周辺状況とさまざまな角度から関与する女子高生の笠原メイ、霊能者の加納マルタ・クレタ姉妹らが一九八〇年代半ばの現代日本という時空に属する。これに対し、ノモンハン事件（一九三九年満州国とモンゴル国との国境における日本の関東軍とソ連・モンゴル軍との交戦）当時に過酷な涸れ井戸体験をした間宮中尉、満州国の首都新京（現・長春）の動物園で満州国崩壊を体験した赤坂ナツメグの父らが、戦前の日中戦争という時空に属する。この二つの時空を繫いでいるのが満蒙と現代日本とを霊力によって生き抜き、両者を透視している占い師の本田さんや心理療養家の赤坂ナツメグ、そしてナツメグの息子で「現在のむなしさを説明するために、過去の歴史をもっとも深く探るストーリーテラー」（ジェイ・ルービン）の赤坂シナモンである。

村上は『ねじまき鳥　第1部』発表より先立つこと六年前に短篇小説「ねじまき鳥と火曜日の女たち」を発表してもいる（『新潮』一九八六年一月号）。同作をめぐりスラブ文学者で文芸批評家の沼野充義は、それは「「開かれた」作品」であり、長篇『ねじまき鳥』は「この短編の結末にもどってくるのではなく、この短編によって入口を開かれた未知の、様々な要素が奇妙に関係しあった広い世界に入って行こうとする」と指摘している。「ねじまき鳥と火曜日の女たち」の末尾で妻は「あなたってそういう人なのよ〔略〕自分では手を下さずにいろんなものを殺していくのよ」と「僕」を難詰しており、この妻の言葉から出発して、戦前の大日本帝国の中国侵略から現代の平和憲法下で進行する国家の暴力装置化とを平行し交叉させながら描いた作品が『ねじまき鳥』ともいえようか。

この『ねじまき鳥　第1部』には「有名なイラストレーター」が登場する——あのトニー滝谷である。同書「1」の章で「僕」が失踪した愛猫を探して近所の「路地の奥の空き家」の「鳥の石像のある庭」に行くと、その向かいの家の娘で登校拒否の高校一年生笠原メイが「うちの庭は近所の猫のとおり道になっていて〔略〕みんな滝谷さんの家からうちの庭を横切って、あの（鳥の石像のある：引用者注）宮脇さんの庭に入っていく」と教えてくれる。その後、この元宮脇家の庭にある涸れ井戸が『ねじまき鳥』の重要な舞台になるのだが、「１」の章の笠原メイは「いわゆるまともな（初出誌傍点なし：同）人たち」だった宮脇家の「夜逃げ」については多くを語らず、むしろ「滝谷さん」について興味津々と次のように語るのだ。

「〔略〕ねえ、滝谷さんって、有名なイラストレーターなのよ。トニー滝谷っていうの。知ってる？」

「トニー滝谷？」

娘は僕にトニー滝谷の説明をしてくれた。滝谷トニーというのが彼の本名であること。彼が非常に克明なメカニズムのイラストレーションを専門とする人物であり、先日交通事故で奥さんをなくして、一人でその大きな家に住んでいること。ほとんど家の外に出ないいし、近所の誰とも付き合わないこと。

「悪い人じゃないわよ」と娘は言った。「口をきいたことはないんだけどね」

『ねじまき鳥』における「トニー滝谷」の影について、私は旧著『村上春樹のなかの中国』（朝日選書、二〇〇七年）で詳述した。本書ではこれに多少の補足を施したい。『ねじまき鳥クロニ

クル　第1部』は文芸誌『新潮』一九九二年十月号から約一年間連載されたのち、新潮社より一九九四年に単行本版が刊行された。その後、『ねじまき鳥』三部作が完結すると九七年に文庫版が、そして講談社より二〇〇三年に『村上春樹全作品1990〜2000④』版が刊行されている。

本節で引用したトニー滝谷の一節は初出誌・単行本両版によるものであり、実は文庫・全作品両版では削除されているのだ。『ねじまき鳥　第1部』初出誌版においては、トニー滝谷は短篇小説「トニー滝谷」と同様に妻を交通事故で失くしており、宮脇家と同様に不幸に襲われていた滝谷家の庭も元宮脇家の庭と同様に重要な舞台となる可能性があったのだろう。しかし結果的には『ねじまき鳥』はそのような展開には至らず、村上春樹は『ねじまき鳥』三部作を完成させると、トニー滝谷の物語を消去したのである。

前述のとおり『ねじまき鳥　第1部』の六年前に発表された短篇小説「ねじまき鳥と火曜日の女たち」は、「その女から電話がかかってきたとき、僕は台所に立ってスパゲティーをゆでているところだった〔略〕僕はFMラジオにあわせてロッシーニの「泥棒かささぎ」の序曲を口笛で吹いていた」という書き出しから、消えた猫を探しに行き、夜、帰宅した妻と口論になったところで再び電話のベルが鳴るという結末に至るまで全篇『ねじまき鳥　第1部』「1　火曜日のねじまき鳥、六本の指と四つの乳房について」の章とほぼ同様に展開している。

だが『ねじまき鳥』のパイロット版ともいうべきこの短篇にはトニー滝谷はまだ登場せず、その代わりにいわゆるタレント教授風の鈴木が登場しているのだ。

「鈴木さん？」

「（略）ねえ、鈴木さんの御主人って、大学の先生でよくＴＶにでてるのよ。知ってる？」

娘は僕に鈴木さんの説明をしてくれたが、僕はその人物のことを知らなかった。

「ＴＶって殆んど見ないんだ」と僕は言った。

「嫌な一家よ」と娘は言った。「有名人気取りなのね。ＴＶに出るような連中ってみんなインチキよ」

このようなトニー滝谷の不在から出現、そして消失という変遷は、大作『ねじまき鳥』三部作の生成と深い関わりがありそうだ。「トニー滝谷」と『ねじまき鳥』の各版本発表の年月を年表にまとめると以下のようになる。

１９８６年１月『中国行きのスロウボート』（中公文庫）。**「ねじまき鳥と火曜日の女たち」**『新潮』。

1990年6月紀行『遠い太鼓』(講談社)。6月「トニー滝谷」①『文藝春秋』、10月オブライエン『本当の戦争の話をしよう』。

1991年プリンストン大学客員研究員。7月「トニー滝谷」②『村上春樹全作品1979〜1989⑧』。

1992年10月**『ねじまき鳥　第1部』**『新潮』10月号〜93年8月号。

1993年8月までプリンストン大学大学院で現代日本文学セミナー。

1994年4月**『ねじまき鳥クロニクル』「第1部　泥棒かささぎ編」「第2部　予言する鳥編」**。プリンストン大学で河合隼雄と公開対話を行う。6月中国内蒙古自治区とモンゴルを取材旅行。12月**「動物園襲撃『ねじまき鳥』第3部より」**『新潮』。

1995年3月日本に一時帰国。地下鉄サリン事件を知る。8月**『ねじまき鳥クロニクル』「第3部　鳥刺し男編」**。9月神戸市と芦屋市で、自作朗読会を開催。

1996年1月「トニー滝谷」③『レキシントンの幽霊』。『村上春樹、河合隼雄に会いにいく』。

1997年『アンダーグラウンド』。『若い読者のための短編小説案内』、10月**『ねじまき鳥クロニクル』「第1部　泥棒かささぎ編」「第2部　予言する鳥編」「第3部　鳥刺し男編」**新潮文庫。

　村上は「ねじまき鳥と火曜日の女たち」でトオルとクミコ、そして彼女の兄、綿谷ノボルの三人で「ストーリーの根幹」を作った上で、もう一つのテーマとして満州国の記憶を召喚しようと考えて「トニー滝谷」の「①未発表版」を書き、その短縮版を「②初出誌版トニー滝谷」として発表し、滝谷省三郎の中国でのジャズ演奏地を上海だけでなく満州最大の商港であった大連にも設定した。そして一年後、「②初出誌版トニー滝谷」を再び拡大して「③全作品版トニー滝谷」へと改作し、滝谷省三郎の日中戦争体験とトニー滝谷の「デタッチメント」性との連続性をより明確にした。そのいっぽうで、『ねじまき鳥　第1部』を構想執筆し、トオルに向かって間宮中尉にノモンハン体験を語らせることにより、満州国の記憶をテーマとして確立した。『ねじまき鳥　第1部』は文芸誌『新潮』に連載され、同第二部はおそらく一九九三年八月頃から滞在先のプリンストン大学で執筆され、雑誌発表を経ることなく、九四年四月に第一部と共に単行本として刊行されている。第三部では少女時代に父が満州国首都新京の動物園主任獣医をしていた赤坂ナツメグを登場させて、日本敗戦時、すなわち満州国崩壊の記憶を新京動物園を舞台に語らせるのである。

　「ねじまき鳥と火曜日の女たち」と『ねじまき鳥クロニクル』との関係については、村上自身が次のように述べている。

小説の出だしに、以前に書いた短編小説『ねじまき鳥と火曜日の女たち』をもってくることは最初から予定していた。〔略〕ある種の短編は、書き上げられて発表されたあとに、僕の心の中に不思議な残り方をする。それは種子のように僕という土壌に落ちつき、地中に根をのばし、やがて小さな芽を出していく。それは長編小説に発展されることを求め、待っているのだ。

おそらく「トニー滝谷」も彼の「心の中に不思議な残り方」をしていた短篇小説なのであろう。しかし『ねじまき鳥』を書き進めるうちに、満州国の記憶の語り部として間宮中尉と赤坂ナツメグの二人を創作し得た村上は、トニー滝谷再起用の必要はなくなり、『ねじまき鳥』文庫・全作品両版ではトニー滝谷の一節を削除したのであろう。その意味では「トニー滝谷」は『ねじまき鳥』における満州国の記憶への入口を開いた作品といえよう。

（四）消えた妻の衣装を眺める夫と「トニー滝谷」の影

トニー滝谷は最終的に『ねじまき鳥』から消失したものの、「トニー滝谷」の影は『ねじまき鳥』の随所に残されている。失踪した妻クミコを取り戻そうとして苦闘を続けるトオルは、時折彼女の衣装を眺める。

僕は長いあいだクローゼットの中の彼女のワンピースやブラウスやスカートを見ていた。それらは彼女があとに残していった影だった。その影は主を失ったまま、力なくそこにぶらさがっていた。

〔略〕クミコが手紙に書いてきたように、まとめて処分してしまうことも考えてみた。でもそれらの洋服をクミコがひとつひとつ大事に扱っていたことを僕は覚えていた。置き場所がないわけじゃない、しばらくはこのままにしておけばいいだろうと僕は思った。／でもクローゼットの扉（とびら）を開けるたびに、いやおうなく僕はクミコの不在に思い当たることになった。そこに並んだ洋服は、かつて存在したものの致命的な脱け殻（ぬけがら）の群れだった。僕はそれらの服を身にまとったクミコの姿をよく覚えていたし、いくつかの服には具体的な思い出がしみついていた。そしてふと気がつくと、ベッドに腰かけてクミコのワンピースやブラウスやスカートの列をただぼんやりと眺めている自分を、発見することがあった。

失踪したクミコの衣装を「ぼんやりと眺め」るトオルの姿は、妻亡き後に「衣装室にひとりで籠もって、そこにところ狭しと並んだ服を朝から晩までずっと眺めていた」トニー滝谷に重なっている。しかしトニーは妻の服を、かつては妻の体に付着し、温かな息吹を与えられ、妻とともに動いていた影であった。しかし今彼の眼前にあるものは、生命の根を失って一刻一刻とひからびていくみすぼらしい影の群れに過ぎなかった。それは何の意味も持たないただの古ぼけた服だった。

と思って、古着屋を呼んで全部引き取らせてしまう。その後のトニーがときどき空っぽの衣装室の床に座って壁を眺めて思う「記憶は風に揺らぐ霧のようにゆっくりとその形を変え」という「欠落感」は、すでに引用した通りである。トニー滝谷は対中国侵略戦争加担への省察を欠いた父省三郎の息子であり、トニー自身も社会からの「デタッチメント」にいささかの疑問も抱くことはなく、妻と死別した後に彼女の衣裳を処分することにより「かつて抱いたあの鮮やかな感情さえもが、記憶の領域の外へと」退かせてしまったのであった。これに対し『ねじまき鳥』におけるトオルが、黄泉の国のような暗いホテルの二〇八号室でクミコとの再会を果たせるのも、彼女の衣装を保管し、彼女の記憶を抱き続けていたからであろう。トオルは最後には、クミコの帰還を確信するに至る。

そもそもクミコの服飾への愛着はトニー滝谷の妻の衣装愛に通じるものがある。『ねじまき鳥』の「僕」は次のように述べている。

彼女の着こなしにはそのころ〔最初のデートの頃〕から、何かしらはっとさせられるものがあった。たとえそれが地味な服であったとしても、ちょっとしたアクセントや工夫、あるいは袖（そで）の折り方や襟（えり）の立て方ひとつで、彼女はそれをさっと華やかなものに変えてしまうことができた。それに加えて、クミコは自分の洋服をとても大事に、愛情をこめて扱っているようだった。

いっぽう、トニー滝谷の妻の装いは次のように描かれている。

気持ちよさそうに服を着こなしている様子に〔略〕彼女はまるで遠い世界へと飛び立つ鳥が特別な風を身にまとうように、とても自然にとても優美に服をまとっていた。服の方も彼女の身にまとわれることによって、新たな生命を獲得したかのように見えた。

トニー滝谷は妻の死後に妻と同じ体型のアシスタントを募集し、彼女に妻の服と靴を着て勤務してほしいと頼むが、「何百着という美しい服がそこにずらりとならぶ衣装室で妻の服を身にまとったまま むせび泣く彼女を見たのち、「もう何をしたところで、全ては終わってしまった」と思い、彼女の雇用を中止している。このアシスタント候補は豊かな感受性に恵まれ、トニーの妻の霊気を感知していたのだろうか。しかしトニー滝谷はそれに気づくことなく、彼女を雇用せず、妻の記憶を失ってしまう。

いっぽう『ねじまき鳥』には加納クレタという「意識の娼婦」が登場し、彼女がかつて「肉体の娼婦」であった時、綿谷ノボルに「汚された」体験をトオルに語り、トオルと夢の中で性交し、その後に「自分の中の汚れのようなものから解放され」「新しい私自身を手に入れよう」とするため、トオルに性交を依頼する。

その「加納クレタの体つきはおどろくくらいクミコに似て」おり、彼女はクミコの衣裳を着用するのである。加納クレタはトニー滝谷のアシスタント候補の女性像が展開して形成されたものと考えられよう。

(五) 世界のねじを巻く役目と「コミットメント」の決意

「ねじまき鳥と火曜日の女たち」の末尾で、「僕」は失踪した猫をめぐって妻のクミコから次のような非難を受けている。

「あなたが殺したのよ〔略〕あなたが猫を見殺しにしたのよ」〔略〕／「〔略〕でも僕はあの猫をいじめたこともないし、毎日ちゃんと飯をやってた。僕が飯をやってたんだよ。とくに好きじゃないからって、僕が猫を殺したことにはならない。そんなことを言いだしたら、世界の大部分の人間は僕が殺したことになる」／「あなたってそういう人なのよ〔略〕いつもいつもそうよ。自分では手を下さずにいろんなものを殺していくのよ」

この一節は『ねじまき鳥　第1部』の初出誌・単行本・全作品の各版からは消去されている。滝谷父子も猫もいじめぬ善人であろうし、「名を知られたジャズ・トロンボーン吹き」であり「ひっぱりだこのイラストレーター」であった。だが歴史に対する意志も省察も欠いたこの父子もまた「自分では手を下さずにいろんなものを殺して」いたのではないだろうか。村上春樹は「ねじまき鳥と火曜日の女たち」のタレント教授鈴木に代わって、初出誌版『ねじまき鳥　第1部』で歴史に対する永遠の傍観者である孤独なトニー滝谷を登場させることにより、主人公の「僕」すなわちオカダトオルに日本の現代史への参与を促したのではあるまいか。ちなみにジェイ・ルービンもその大著『ハルキ・ムラカミと言葉の音楽』で、短い言葉ではあるが「「トニー滝谷」は、歴史の細部への目配りおよび三人称で語られているという点で、『ねじまき鳥クロニクル』への準備とみなすことができるだろう」と指摘している。

トオルは失踪前の妻クミコに失業中の心境を「何をやりたいかっていうと、何もやりたいことがないんだ。やれと言われれば大抵のことはできそうな気もする。でもこれをやりたいっていうイメージがないんだよ」と語っている。それは自らの「デタッチメント」性の表明といえよう。その彼がクミコを奪還しようと格闘する内に、世界が動き続けるように自分が「ねじを巻かなくてはならない」と自覚するに到る。

僕は自分がねじまき鳥になって、夏の空を飛び、どこかの大きな樹（き）の枝にとまって世界のねじを巻くところを想像した。ねじまき鳥がもし本当にいなくなってしまったのだとしたら、誰かがねじまき鳥の役目を引き受けなくてはならないはずだ。誰かがかわりに世界のねじを巻かなくてはならない。そうしないことには、世界のねじはだんだん緩んでいって、その精妙なシステムもやがては完全に動きを停（と）めてしまうことになる。でもねじまき鳥が消えてしまったことに気がついている人間は、僕の他には誰もいないようだった。

トオルの「デタッチメント」性については、敵役（かたきやく）の綿谷ノボルも「君という人間の中には、何かをきちんと成し遂げたり、あるいは君自身をまともな人間に育てあげるような前向きな要素というものがまるで見当たらな」いと難詰してもいる。そのような「デタッチメント」人間であったトオルが、妻の記憶を固持し続けて格闘し、最後に妻を綿谷から奪還するのである。「世界のねじを巻く」トオルの姿は、『羊をめぐる冒険』（以下『羊』と略す）における「鼠」と「僕」との「暖炉のわきにある柱時計」のねじを巻く共同作業を連想させる。

その際に老いたる間宮中尉のノモンハン事件やシベリア抑留の苛酷な体験の記憶が、トオルに自らの記憶を固持せよと教えてくれるのである。間宮はトオルに「戦争が終わって随分時間も経(た)ちましたし、記憶というものもそれにつれて自然に変質していくものです。人が老いるのと同じように、記憶や思いもやはり老いていくのです。しかし中には決して老いることのない思いもあります。褪(あ)せない記憶もあります」と語りかけている。

赤坂ナツメグが幼少期に間接体験した満州国崩壊時の新京動物園の記憶も、戦後日本の根源に満州が存在することを告げている。

そしてクミコ失踪の原因は彼女の兄綿谷ノボルの「不自然に歪んだ」女性たちを「汚す」人格にある。あやしげな論理をもてあそぶ経済学者から衆院議員へと突き進んでいくが、そんな彼からトオルは次のような印象を受けていた。

> 彼は大衆の感情を直接的にアジテートするこつを身につけていた。大多数の人間がどのようなロジックで動くものかを実によく心得ていた。それは正確にはロジックである必要はなかった。それはロジックに見えればそれでいいのだ。大事なことは、それが大衆の感情を喚起するかどうかなのだ。

綿谷ノボルに選挙地盤を継承させる彼の伯父もまた戦時中に「陸軍大学を出たロジスティックス（兵站学）を専門とする若手テクノクラート」として、満州と深く関わり羊をめぐる任務を引き受けていた。

日本が経済制裁あるいは実質的な封鎖を受けながら、北方で長期的な対ソビエト戦争を戦い抜くためには、日本国内における飼育綿羊の頭数は明らかに不足しており、その結果満蒙地域における安定した羊毛（および兎等の毛皮）の供給、および加工施設の確保が不可欠であると考えられる、とその報告書は述べていた。そして状況視察のために昭和七年、建国直後の満州国にわたったのは綿谷ノボルの伯父だった。そのような供給が満州国内で現実的に可能になるまでに、どれほどの期間が必要とされるかを算定するのが彼の任務だった。

綿谷は「ある雑誌に寄稿した文章の中で、今日の世界における圧倒的な地域経済格差のもたらす暴力的な水圧は政治的、人為的な力でいつまでも押さえつけられるものではないし、それはやがて世界構造に雪崩のような変化をもたらすだろうと述べて」もいる。一年余りの格闘の末に得た綿谷ノボルの危険性に対する認識を、トオルは黄泉の国のような暗黒な２０８室で、クミコらしき女性に次のように語っている。

「綿谷ノボルは、どうしてか理由はわからないけれど、ある段階で何かのきっかけでその暴力的な能力を飛躍的に強めた。テレビやいろんなメディアを通して、その拡大された力を広く社会に向けることができるようになった。そして彼は今その力を使って、不特定多数の人々が暗闇の中に無意識に隠しているものを、外に引き出そうとしている。それを政治家としての自分のために利用しようとしている。それは本当に危険なことだ。彼の引きずりだすものは、暴力と血に宿命的にまみれている。そしてそれは歴史の奥にあるいちばん深い暗闇にまでまっすぐ結びついている。それは多くの人々を結界的に損ない、失わせるものだ」

このような戦中は陸軍若手テクノクラートで戦後は衆院議員となった綿谷の伯父と綿谷ノボル自身とは『羊』における地下王国の王である「先生」およびその秘書を彷彿させる。『ねじまき鳥』全三部とは『風の歌を聴け』『羊』の両長篇と「中国行きのスロウ・ボート」「トニー滝谷」などの短篇とをさらに大きく展開させた大長篇といえよう。

文芸批評家の小山鉄郎は『村上春樹の動物誌』（早稲田新書、早稲田大学出版部、二〇二〇年）「第二十八章　世界のねじを巻く鳥――ねじまき鳥」で、『ノルウェイの森』の「僕」が日曜日の朝に書く京都の療養所にいる恋人直子宛ての手紙で「僕も毎朝僕自身のねじを巻いています

〔略〕でも『今日は日曜日〔略〕ねじを巻かない朝です』」と書いており、『羊』終盤の「時計のねじをまく鼠」という章で、「鼠」と「僕」とが行う「暖炉のわきにある柱時計」のねじを巻く共同作業を指摘し、次のように述べている。

「綿谷ノボル」は日本を戦争に導いた精神の象徴のような人物。その日本を戦争に導くような相手を叩きつぶすだけでは戦争は無くならない、分身的に、ブーメラン的に「僕」自身に戻って考えてみれば、自分の心の底にも、同じように、日本を戦争に向かわせたものが潜んでいて、それを叩きつぶさなくては、戦争は無くならないという思いが描かれているのだと思う〔略〕。「向こう側」に問う問題を、「こちら側」の「自分」にも問うという形で「世界のねじ」を巻かないと、「世界のねじはだんだん緩んでいって、その精妙なシステムもやがては完全に動きを停めてしまう」。そんなことを「僕」が考え続ける『ねじまき鳥クロニクル』なのである。

（六）モンゴル学者と中国経済学者からの批判
村上春樹が『ねじまき鳥』で描く中国帰りの男たちの戦争体験は、残虐で奇怪なイメージに満ちている。その中でも最たるものは『第1部　泥棒かささぎ編』（初出誌は『新潮』一九九二年十月号〜九三年八月号、単行本一九九四年四月）での皮剝ぎの場面であろう。間宮中尉の一行はノモンハンでソ連軍将校と外蒙古軍将兵に捕らえられ、重要機密を握る諜報機関員と思しき山本が生きたまま皮を剝がれて殺される一方、間宮本人も涸れた井戸に投げ込まれる。ロシア人将校（間宮が戦後シベリアの日本人捕虜収容所で再会した時には「皮剥ぎボリス」とあだ名されている）に命じられた蒙古人将兵による皮剝ぎの場面を、村上は次のように描いている。

〔略〕兵隊たちは手と膝で山本の体を押さえつけ、将校がナイフを使って皮を丁寧に剝いでいきました。本当に、彼は桃の皮でも剝ぐように、山本の皮を剝いでいきました。〔略〕男はまず山本の右の肩にナイフですっと筋を入れました。そして上の方から右腕の皮を剝いでいきました。彼はまるで慈しむかのように、ゆっくりと丁寧に腕の皮を剝いでいきました。たしかに、ロシア人の将校が言ったように、それは芸術品と言ってもいいような腕前でした。もし（山本の：引用者注）悲鳴が聞こえなかったなら、そこには痛みなんてないんじゃないかとさえ思えたことでしょう。しかしその悲鳴は、それに付随する痛みの物凄さを語っていました。／やがて右腕はすっかり皮を剝がれ、一枚の薄いシートのようになりました。皮剝ぎ人はそれを傍らにいた兵隊に手渡しました。兵隊はそれを指でつまんで広げ、みんなに見せてまわりました。その皮からはまだぽたぽたと血が滴っていました。皮剝ぎの将校はそれから左腕に移りました。同じことが繰り返されました。彼は両方の脚の皮を剝ぎ、性器と睾丸を切り取り、耳を削ぎ落としました。それから頭の皮を剝ぎ、顔を剝ぎ、やがて全部剝いでしまいました。〔略〕

この蒙古人将兵による皮剝ぎ場面をめぐっては、日本のモンゴル学者の芝山豊が次のように批判している。

〔略〕蒙古兵は、『羊をめぐる冒険』の中の印のある羊のような抽象的で、理解不能な存在である。勿論、彼らはその物語の主人公ではない。物語の主要なトポスがノモンハンであっても、その場所の主人公は彼らではないのだ。そして、蒙古兵のイメージは〔略〕人種主義的な時代のオクシデンタルなモンゴル人観に依拠している。〔略〕／村上にとって、蒙古兵＝イメージとしてのモンゴル人は、印のついた羊、そして、アメリカ人にとって、アメリカの小説の中にいるアジア人と同じように、絶対の他者である。〔略〕／「いまの日本の社会が、戦争がおわって、いろいろつくり直されても、本質的には何も変わっていない、ということに気がついてくる。それがぼくが『ねじまき鳥クロニクル』の中でノモンハンを書きたかったひとつの理由でもあるのです。」という彼の主張は彼自身のオリエンタリズムについてもあてはまっているということができるかも知れない。

これは「ウランバートル滞在中にも『世界の終わりとハードボイルド・ワンダーランド』読んだ（原文ママ）」という村上文学愛読者のモンゴル学者による批判であるだけに、傾聴すべきものがあるだろう。この芝山論文を私は現代中国経済学者の著書『「壁と卵」の現代中国論』で知った。この書名は村上のエルサレム講演の中の一節「壁と卵」に由来するものであり、著者の梶谷懐は「現代中国を理解するためには「システムと個人」の視点からそれを眺めることが必要だ、という意図」を抱いているほか、「村上春樹という人の文筆活動の中に、現代中国、特に日本との関係を考える上で重要な鍵が隠されている」とも考えている。同書は優れた現代中国論である一方、巻末の「第11章　村上春樹から現代中国を考える」では独自の村上春樹論を展開しており、芝山による村上批判を紹介するのも同章においてである。梶谷は芝山の批判をおおむね肯定しながらも、次のように考察を展開している。

〔略〕小説などの「想像上の空間」がある領域を「内包」していることを示すには、かならずその「外部」が示されなければならない、ということだ。〔略〕村上春樹はそのようなナショナリズムとは最も遠いところで小説を書いてきた、と思われてきた。／しかし村上文学の一見

「戦後アメリカ的な」「普遍性、近代性」とみえるものは、すでに述べたように「離れよう離れようと思いながら離れられない」アジア的な感性と分かちがたく結びついたものである。〔略〕そのことは同時に、「中華世界」の「外部」としての「遊牧民族の領土」を代表するものとしての〈モンゴル〉が、そのまま村上の小説世界の「外部」として設定されている、ということと表裏一体なのではないだろうか。そこに中国人に対してはその「顔」が印象に残るような描き方をしている村上が、モンゴル人に対してはとたんに隙の多い、オリエンタリズムに満ちた描写に無意識にせよ手を染めている、ということの理由があるように思われる。

梶谷は「村上の中国と中国人に対するフェアな視線、あるいは日本の侵略戦争に対する内省的な視点は、おそらく戦後日本の良心的な姿勢を正統的に受け継ぐものであった。だがそれは同時に、その「外部」に位置する周辺民族へのアンフェアな視点を内在していたのかもしれない、という点は、きちんと指摘しておくべきだろう」とも述べている。現代中国文学研究者である私自身、村上春樹の対中国人共感を注視する余り、モンゴル人の「外部」化という彼の視線に大きな違和感を覚えることがなかったことを反省せねばならないと思っている。

（七）莫言『赤い高粱』との比較

「皮剥ぎ」をめぐっては、アメリカ映画『羊たちの沈黙』の影響が指摘されている。そのいっぽうで、村上春樹と同時期に中国作家の莫言（ばくげん）（モーイエン、本名は管謨業（かんぼぎょう）、一九五五年〜）が日本軍による中国人の皮剥ぎを描いている点も興味深い。莫言は山東省高密県の農家の三男に生まれ、父が中華人民共和国建国前に上層中農（裕福な自作農）であったため、一家は社会主義体制下では貧困と差別に苦しんだ。文化大革命（一九六六〜七六年）勃発後、小学校を退学、牛飼いなど農業を手伝いながら村中の本を読み尽くした。七六年人民解放軍に入隊、小隊長となった八一年、解放軍の文芸誌に軍人士気高揚の宣伝文学を書き始めたところ、八四年に川端康成の『雪国』を読み、語り手の島村が芸者の駒子と再会する前の描写「黒く逞しい秋田犬がそこの踏み石に乗つて、長いこと湯を舐めてゐた」という一節に感動、翌年文革期から鄧小平時代初期にかけての農村の孤独な少年や青年男女の夢と挫折を描いた短篇「透明な人参」や「白い犬とブランコ」を発表、中央文壇にデビューした。さらにフォークナー、ガルシア・マルケスらの影響も受け、八六年に中華民国期の高密県に設定した架空の村「東北郷」を舞台に農民の祖父母の「驚異的なる現実」を語る「赤い高粱（コーリャン）」シリーズの中篇小説五作を雑誌『人民文学』『崑崙』などに発表している。中国には全国に人口数十万規模の県級行政区が約二千あり、県とは日本の郡に相当する行政単位である。

彼は一九八九年の天安門事件後は保守化した『人民文学』により批判されたが、九二年台北刊行の長篇『酒国』では、大鉱山の街酒国市で共産党幹部が酒宴で幼児の人肉料理を食べているとの情報を得た特捜検事の潜入捜査物語をめぐり三層のテクストを構築して新境地を開いた。『生死疲労』（邦訳：転生夢現、二〇〇六年）は毛沢東時代の農業集団化の不条理を魔術的リアリズムで描き、一二年にはノーベル文学賞を受賞したのである。

日本軍による中国人皮剥ぎは、『赤い高粱』全五章の内の第一章で描かれている。

同作は東北郷に興亡する一族の波乱の半世紀を一九八〇年代の現在において孫の代の「私」が物語るという叙述形式を用いている。そのなかでも日中戦争期に祖父が率いた抗日ゲリラの話が中心を占めており、小説第一部は一九三九年旧暦八月九日、司令官の祖父に連れられて十四歳の父が日本軍攻撃に出撃する場面から始まるのだが、一転して少年時代の語り手「私」が登場、放尿しながら「〽高粱赤く実れば、日本人がやってきた、同胞たちよ覚悟はよいか、銃と砲とをぶっ放せ」と往年の抗日戦歌を歌うなど、同作はフラッシュバックの手法を自在に用いて、八十年の時空を縦横に駆けめぐり、一族の長大なる物語を紡ぎ出している。

『赤い高粱』の主人公たちは大胆に世の中の掟（おきて）を破る無法者たちであり、彼らにとって日中戦争は絶滅の危機であると同時に飛躍の好機でもあった。日本軍は女を犯し子どもを虐殺するばかりではない。彼らは近代兵器により村人を徴発して使役し、高粱をなぎ倒しては自動車道路を建設する。夜ともなれば村人は丸太の柵の中に囲い込まれる。日本軍が近代的軍隊として高粱畑の大地にも法支配を貫徹しようとするのに対して、祖父は自ら司令官を名乗り、匪賊や村人からなる抗日部隊を組織し、高粱畑に潜んで自動車道路を通過する日本軍自動車部隊を待ち伏せ攻撃するが……。

祖父が抗日部隊を組織するきっかけの一つが、彼が殺人まで犯して乗っ取った造り酒屋の忠実な番頭羅漢大爺が日本軍に皮剥ぎの刑に処せられたことである。

黒服の中国人が二人、羅漢大爺を素裸にして杭につないだ。鬼子の将校が手で合図すると、また二人の黒服の男が高密県東北郷でも有名な、うちの村の屠畜人の孫五（スンウー）を柵のなかから、むりやり引ったてたてきた。／〔略〕／通訳が言った。／「上官殿は、ちゃんと剝げ、しくじったらシェパードがおまえの腹を食い裂くぞと言っておられる」／〔略〕父は、孫五の包丁が鋸で丸太をひくように大爺の耳をひき切るのを見た。／〔略〕孫五は包丁を手にして、羅漢大爺の頭のめくれあがった傷口から皮をはぎはじめた。刃がひそやかな音をたてて動く。孫五は念入りにはいでいった。羅漢大爺の頭皮がめくれて、青紫の眼球が現れた。突起した肉が現れた……。／父はわたしに語った。顔の皮をむかれても、羅漢大爺は形をなくした口でウーウーと呻きつづけ、まっ赤な血のしずくが数珠つなぎになって醬油色の頭皮を流れ落ちていた。孫五は、もはや正気を失っていた。かれは入念な刃さばきで、一枚の皮を見事にはぎとった。大爺が一つの肉塊にされてしまってからも、はらわたはぴくぴくとうごめいており、緑色の蝿が幾つも群れをなしてあたりを舞っていた。人の群れの中の女たちはみな地面に跪き、泣き声が田野を震わせた。（井口晃訳『赤い高粱』）

「鬼子（クィッ）」とは主に中国を侵略する外国人に対する憎悪が込められた蔑称である。『赤い高粱』における、日本軍の将校に命じられて地元の食肉解体の名職人が生きている人間の皮を剥ぎ、それを見ている同胞が衝撃を受けるという設定からは、『ねじまき鳥』におけるソ連軍将校に命じられてモンゴル人将兵が生きている日本人の皮を剥ぎ、間宮中尉が衝撃を受けるという物語が容易に連想される。ただし後者では剥ぎ手が冷酷に異邦人の皮を剥ぐのに対し、前者では食肉解体職人は脅迫されて中国人同胞の皮を剥ぎ、その衝撃で精神に異状を来すという点が大きく異なっている。

莫言のこの中篇小説集は邦訳に際しては『赤い高粱』および『赤い高粱（続）』（共に井口晃訳、徳間書店）と二分冊されて一九八九年四月と九〇年十月に刊行された。ただし「この作品のあちこちにあらわれるたわいもない『民族精神』礼賛」に苦笑させられる」等々という奇妙な訳者解説が災いしたのか、増刷されることもなく書店から消えてしまい、その後、二〇〇三年に、比較文学研究者の張競（明治大学教授）の優れた長文解説を付され、岩波現代文庫として再生している。

村上が『ねじまき鳥　第1部』を一九九二年十月から『新潮』で連載を開始する前に『赤い高粱』を読んでいたか否かは不明だが、天安門事件直後に莫言が短篇小説「花束を抱く女」でトルストイ（一八二八〜一九一〇年）の長篇小説『アンナ・カレーニナ』を踏まえて同時代の中国農村を描いたように、天安門事件に深い衝撃を受けた村上も同じく短篇『眠』で『アンナ・カレーニナ』を踏まえて同時代の日本人女性の不安を描いており、二人は不思議なほどに緊密な同時代感覚で結ばれている。

莫言の小説『赤い高粱』を一九八七年に映画化したものが張芸謀（チャン・イーモウ、一九五〇年〜）監督の『紅いコーリャン』（原題：紅高粱）である。同作は翌年ベルリン国際映画祭でグランプリを受賞して中国国内でもブームを呼び起こし、第五世代と称されるポスト文革の監督たちの映画の中では、興行的に成功した最初の作品となった。

日本では映画『紅いコーリャン』は東京・渋谷の劇場、ユーロスペースで一九八九年一月にロードショー公開されて、二十四週上映を果たしており、それは岩波ホールで二十週上映の記録を作った『芙蓉鎮』を上回り、しかも、「『芙蓉鎮』とは観客層が異なり、若年層が増え、彼らは日本軍の残虐シーンに臆することなく、映画の評判は観客の口コミで広がっていった」〈蓋曉星

『日本における中国映画の受容：中華人民共和国建国（一九四九）以後』（東京大学二〇一七年博士論文）〉という。映画好きの村上が『紅いコーリャン』を見た可能性は少なくないであろう。日中両国を代表する村上と莫言とがほぼ同時期に戦場における皮剥ぎ場面をそれぞれの代表作で描いていることは興味深い。

中国でも祝然著「二つの皮剥ぎ——莫言と村上春樹作品の中の〝暴力審美〟に関する小論」という論文が発表されている。同作は莫言・村上間の影響関係には触れずに、もっぱら暴力描写の方法およびその作用を「莫言は暴力のプロットで矛盾衝突をピークへと押し上げており、村上春樹は暴力という人類のいかなる時代にも存在し得る行為を通じて過去と現在を連結し、幻想と現実とを縫合している」等々と詳細に比較した後、次のような結論に至っている。

両作家はそれぞれ異なる民族的感情を抱いているものの〔略〕暴力——特に国家間の暴力行為の集中的表現である戦争に対し断固反対という明確な態度を選んでおり〔略〕暴力という題材で読者に驚愕と警戒をもたらすと同時に、文学創作の角度から暴力排除の歴史過程を前進させようと努めているのである。

この祝然論文は次章で紹介する村上批判とは異なる観点に立つものである。次章では現代日本人の戦争の記憶を描く『羊』『ねじまき鳥』などに対する中国人研究者からの批判を紹介したい。なお中央大学教授（当時）の斎藤道彦は論文「映画『紅いコーリャン』と中国の風習――日本軍は中国人の生皮を剥いだのか――」（『諸君』二〇〇六年六月号）で詳細に史料を検討した上で、莫言による皮剥ぎの描写は、「「増むべき日本軍」も中国地域で伝統的に行われてきたこうした残虐行為をやったに違いないという中国人による中国固有の風俗・文化、社会慣行に基づいた類推の結果」と指摘している。

第6章　中国における村上批判

（一）鄧小平時代の第一期村上ブーム――ポルノと癒し

中国で最初に村上春樹を紹介したのは、一九八六年二月刊行の雑誌『日本文学』であった。同誌は長春・吉林人民出版社が刊行していた雑誌で、主に近現代日本文学の中国語訳と中国人による評論を掲載していた。その第一六期に川本三郎の評論「都市の感受性」および村上の「街のまぼろし」などの短篇三作が訳載されたのである。これは半年前に台北の雑誌『新書月刊』一九八五年八月号「村上小特集」のために頼明珠（らいめいじゅ）（ライ・ミンチュー、一九四七年〜）が翻訳したものを、『日本文学』がそっくりそのまま転載したものである。頼の翻訳は世界初の村上文学外国語訳であり、彼女はその後、台湾における村上文学翻訳家として名声を博することになる。

『日本文学』誌上では村上作品の末尾に「編者付記」を掲げて村上の経歴を紹介した後、村上文学の特色を次のように記している。

読み始めにはでたらめ極まると見えるこれらの作品には、大量の風俗描写が盛り込まれ、深い哲理が含まれている。彼は高度に発達した現代都市の現実からむしろ空虚と寂寞とを感じている。彼は家から出ることなく天下の事を知る、いわゆる情報化社会の中から、それがむしろ人間性の貧窮であり、感情的色彩の衰退であることを悟ったのだ。彼の作品は現代資本主義国家の都市生活の中の比較的隠蔽されている側面を描き出した。

十年前に文革が終息し、一九八〇年以後は鄧小平時代の改革・開放政策が始まっていたものの、日本文学研究者が村上作品を紹介する際には、まずは一見「でたらめ極まる」と留保した上で、実は村上文学には「現代資本主義国家の都市生活」における「空虚」で「寂寞」とした「人間性の貧窮」と「感情的色彩の衰退」とを描き出す「深い哲理」がある、として肯定的な評価を下しているのである。

その後、北京・上海の外国文学紹介の雑誌でも「貧乏な叔母さんの話」「象の消滅」などの短篇小説が続々と訳載されるようになり、一九八九年七月に林少華（リン・シャオホワ、一九五二年〜）訳『ノルウェイの森』（以下『森』と略す）が刊行された。同書には李徳純（リー・トーチュン、一九二六年〜）が七頁近い長文評論「物欲世界的異化」を「訳本序」として寄せており、これは中国における最初の本格的村上春樹論であった。李は遼寧省営口の人で、満鉄が設立した瀋陽の小学校、奉天公学堂で一年生から日本語を学び、一九四四年に日本の一高（現在の東大教養学部）に留学、帰国後に中国の東北大学で英文学を専攻し、四九年に人民共和国が成立すると外交部（日本の外務省に相当）に入部、六四年に中国のアカデミーであり中国共産党のシンクタンクともいうべき中国社会科学院の外国文学研究所に移籍、八八年当時は同所副研究員（助教授に相当）となっていた。人民共和国における現代日本文学翻訳家・研究者の第一世代を代表する人である。

中国大陸における村上春樹の受容およびその香港、台湾での受容との比較に関しては、前著『村上春樹のなかの中国』（二〇〇七年）第2・3・4章の「台湾／香港／中国のなかの村上春樹」で詳述したので、一九八九年の李徳純の村上論も含め、詳しくは同書をご参照いただきたい。

本章では村上受容史を略述することにして、その主な流れは以下の通りである。

李徳純は日本が産業社会から消費社会へと転換していく過程で必然的に「都市文学」が勃興し、村上はその中心的存在であると指摘する。続けて『羊をめぐる冒険』（以下『羊』と略す）の人物はみな無名で、怠惰孤独で、さまよい歩き、自己の内面世界を欠いており、『森』は大卒青年の「重い心の世界を遊泳し、男性主人公ワタナベの二十歳の時の思い出すも苦しい悲劇を通じて、静かなタッチで青春に対する感慨を表出した」と紹介、村上を「八〇年代の夏目漱石」と評する日本の雑誌の評価も伝えながら、次のように高く評価している。

現代科学技術がもたらした眩いばかりの豊かな物質生活では、主体意識と責任感の欠如が潜在し、しだいに主体意識と自我が喪失され、この目にも止まらぬほどの急激な変動は、彼らに尽きせぬ啓示と源泉を与えているのだ。彼らは五〇年代に文壇に登場した安部公房、大江健三郎に続くモダニズム派といえよう。

ここでは八〇年代の情報化社会の出現にともなって生み出されるポストモダン文学という視点は不在であるが、「資本主義社会の不条理を暴く」といった皮相な政治的評価に留まることなく、日本文学史におけるモダニズムの系譜に村上文学を位置づけた点は画期的であった。李徳純「訳本序」によって、村上はいわゆる正統的現代日本文学として中国で公認されたといえよう。

もっともこの高評価の一方で、版元の漓江出版社（以下「漓江社」と略す）は、表紙を女性が着物を腰まで脱ぎかけて撫で肩の白い背中を見せるセミヌードで飾るなど、『森』をほとんどポルノ小説として売り出すのである。

訳者の林少華（りんしょうか）（リン・シャオホワ、一九五二年〜）は中国の東北地方で生まれ育ち、中学時代に文革が勃発し一九六八年卒業とともに「下放（かほう）」（シァーファン、党幹部・学生が農村や工場に入り農民・労働者への奉仕の精神を養うための運動）され、農村に送られた。その後吉林大学外文系で日本語を学び文革末期の七五年に卒業後、大学院で日本古典文学を専攻、広州・暨南大学外国語学科勤務を経て、九九年に青島海洋大学（現・中国海洋大学）に転勤している。李徳純の推薦で林は『森』翻訳を手掛けてから村上文学に関心を抱くようになり、中国最大の村上翻訳家となっており、村上の原文への忠実さよりも自らの訳文の華麗さを誇っている。

こうして現代文学の権威による正統的文学というお墨付きで、新進翻訳家の美文調訳文で、出版ビジネス的にはポルノとして刊行された漓江社版『森』ではあったが、刊行直前に勃発した天安門事件が図らずも「ポスト民主化運動の法則」――すなわち、民主化挫折という政治的文脈による読書という第三の読み方を呼び起こすのであった。

中国の学生市民は、あるいは北京で事件の現場を目撃し、あるいは首都の民主化運動に連帯して上海など各都市での街頭行動に参加していたが、共産党政権による厳しい報道管制下で、彼らが悲劇的な事件の詳細を知ることは難しかった。事件後の「価値喪失」、「自我崩壊」、「感情消失」を語ることとさえ許されぬほどに暗黒であったのだ。

そのいっぽうで、漓江社は九〇年四月に『森』の第二次印刷三万五千冊を増刷し、刊行一年で発行累計部数を六万五千冊へと増加させた。また林少華も九一年三月には『ダンス・ダンス・ダンス（青春的舞歩）』を、翌年八月には『世界の終りとハードボイルド・ワンダーランド（世界尽頭与冷酷仙境）』と『風の歌を聴け（好風長吟）』を刊行している。『ダンス・ダンス・ダンス』は南京・訳林出版社刊行であるが、他の二冊は漓江社刊行で、初版部数はそれぞれ六千冊と一万冊であった。

この時期には林以外の訳者たちも村上文学翻訳に参入しており、一九九〇年六月には鍾宏傑、馬述禎共訳『ノルウェイの森（挪威的森林：告別処女世界）』がハルピン・北方文芸出版社から初版五万冊で、翌年一月には張孔群訳『ダンス・ダンス・ダンス（舞吧、舞吧、舞吧）』が天津・百花文芸出版社より初版三千冊で、同年六月には馮建新、洪虹共訳『ダンス・ダンス・ダンス（跳！跳！跳！）』が漓江社から初版一万八千五百冊で刊行されている。

八〇年代末に雑誌『日本文学』が毎号十万部から十五万部を刊行していたことを考えると、『森』をはじめとする一連の翻訳書はベストセラーというほどのものではないだろう。それでも数社が競って同じ作品の翻訳を刊行していた様子は、小規模ながらも第一期村上ブームといえるであろう。そして正統的日本文学にしてポルノ小説ならびに悲惨な政治事件体験に対する癒しという鄧小平時代固有の第三の読書法が、この第一期ブームを作り出したといえよう。

（二）第二期「村上春樹現象」――九〇年代高度経済成長の踊り場にて

天安門事件後の中国文芸界では保守派の巻き返しがあり、莫言ら文革以後に活躍し始めた多くの作家は沈黙を余儀なくされた。一九四九年の創刊以来、人民共和国文学の中心的存在として文芸界に君臨してきた雑誌『人民文学』の七・八月合併号の巻頭論文「九〇年代の召喚」は、「マルクス主義、毛沢東思想、中国共産党の政策を堅持せよ」と絶叫し、文芸に中共独裁体制賛美を要求した。外国文学翻訳規制策は鄧小平の事件に対する総括である「和平演変（社会主義体制の平和的転覆）」論に基づくものであったろう。この時期の中国の政治状況を政治学者の天児慧は次のように整理している。

九一年一～二月に発生した湾岸戦争において圧倒的なハイテク兵器の威力を見せつけた米国の軍事力、同年八月のクーデター失敗を契機として一挙に瓦解していったソ連の現実を前に、中国指導部は「米国の脅威」を改めて認識したのであった。〔略〕天安門事件直後から総書記に就いた江沢民（こうたくみん）は、九一年四月「中国のもっとも重要なことは経済を活性化し、総合国力を向上させることである。経済力がなければ国際的には地位を保てない」と力説している。政治はしっかりと引き締められたままであったが、再び経済開放のアクセルが踏まれるようになるのである。（『中華人民共和国史』岩波新書、一九九九年）

このため一九八六年以来ほぼ切れ目なく続いてきた村上作品翻訳は、一九九二年八月以後九六年六月までの四年間途切れてしまうのであった。

天安門事件は鄧小平体制および共産党にとって最大の危機であった。一九九二年に入ると、同事件発動の責任者である鄧自身が、再び改革・開放路線へと傾き始め（南巡講話）、同年十月の中共第一四回党大会、九三年三月の全国人民代表大会を経て、中国の政治・経済・文化の各分野での改革・開放の再加速が決定的になった。とりわけ鄧は経済成長政策の最後の切り札として上海再開発の号令を発し、それに先んじて九〇年四月には黄浦江をはさんで旧上海租界地区（浦西）の対岸約三五〇平方キロ（旧租界の約十一倍）に、一大産業地帯である「上海浦東新区」の建設が決定されていたのである。その後の上海の急速な発展は周知の通りであり、こうして上海は台湾・香港での村上ブームを最初に受け止めるべき中国の都市として浮上したのであった。

改革・開放政策再加速後のＧＮＰの伸び率は、一九九二年にはいきなり一四・二％を記録し、その後も九五年までは一〇％台を維持したが、九六年に九・六％と一〇％の大台を割り込み、九七年には八・八％、九八年と九九年には公式発表でそれぞれ七・八％と七・一％と陰りを見せ始めている。そのいっぽうで、全国一人当たりのＧＮＰは一九七八年の三七九元から九九年には六五四六元にまで増加してきた。しかも上海と北京に限って言えば、それぞれ三万八〇二元（三七二一米ドル）と一万九八〇三元（二三九二米ドル）にまで達している。上海の場合、すでに六〇年代末、『森』の時代の日本経済レベルに近づいていたのだ。

このような中国の経済成長の変化の中で、漓江社は九六年七月に『森』別版一万五千冊を刊行している。刊行に際して、表紙をソファで仰向けに寝る男性がヌード二体を夢見るという抽象度の高い線描画に変え、また「第六章　月夜裸女（月夜のヌード女性）」といった章題をすべて外して脱ポルノ化を心がけたのは、「和平演変」警戒政策に順応する営業戦略へと舵を切ったからであろう。

漓江社版は続けて九八年ごろに、微笑む女性の顔写真とツツジの咲き誇る日本庭園を組み合わせたデザインによる表紙の第二版を刊行して急速に売り上げを伸ばした。同書は二、三年の間に十回も増刷し、しかも一刷りが六万冊に至るほどにベストセラー化していたと推定される。中国でも高度経済成長がやや鈍るいっぽうで、上海・北京の市民が中進国並みの暮らしを謳歌し始めた九八年に、「村上春樹現象」が生じたのである。

また同書は「日本村上春樹氏より版権取得して出版した。版権を有する」と初めて明記しており、二〇〇一年のＷＴＯ（世界貿易機関）加盟を前にして、台湾・時報出版に続いて海賊出版からの脱却も果たしている。

漓江社は第二期村上ブームを迎えて大繁盛したが、二〇〇〇年十一月二十三日に版権契約が切れてしまう。その際に同社に代わって新たに版権を取得したのが上海訳文出版社（以下、上海訳文社と略す）で、〇一年以後続々と林少華訳の村上作品を刊行し、〇六年の『東京奇譚集』に至るまで約三十点の作品を『村上春樹文集』『同随筆系列』あるいは単行本として出版し続けている。

中国国家図書館目録によれば、林以外に数名の中国人が村上作品を翻訳しており、『森』のばあいには前述の鍾と李季訳版（二〇〇三年）の二種類がある。李季訳版の版権取得状況は不明だが、鍾ほか共訳版はおそらく海賊版であろう。いずれにせよ、上海訳文社が版権取得した二〇〇〇年末以後は、中国での村上作品の翻訳は同社が独占し、同社刊行の村上作品は林少華がほぼ一人で翻訳しているのである。

二〇〇七年の林少華のエッセー「村上春樹ブームはなお続く」によれば、上海訳文社は〇一年に版権を取得して以来、〇七年二月までに三十二点の村上作品翻訳を刊行し、その総発行部数は約三百万冊に達し、漓江出版社がそれまでに刊行した五十万冊を加えると、両者の合計で三百五十万冊となるという。一九九七年までの鄧小平時代の漓江社版林訳の奥付で確認できる「発行部数（印数）」は『森』六万五千冊、『世界の終わりとハードボイルド・ワンダーランド』六千冊、『風の歌を聴け』（以下『風』と略す）一万冊の村上作品は累計八万一千冊であり、九八年以後のポスト鄧小平時代に刊行された林訳村上作品は三百四十万冊となるのだ。その中でも『森』の売れ行きが抜群によく、上海訳文社版だけで総計二十六刷、百十二万二千八百冊である。『森』は数年前までは三、四カ月に一度一刷五万冊を、その後も同様のペースで一刷二万〜三万冊を増刷しているという。

一九九八年秋に上海で突発した「村上春樹現象」は、「時計回りの法則」に従ってまもなく北京に飛び火した。中国における村上の読者は、『森』が最初に翻訳された八九年から九〇年代半ばまでの第一世代と、中国で同書が九八年にベストセラーとなって以後の第二世代とに分類できよう。

そして第二世代は九〇年代中国の高度経済成長が一段落した時期に登場しており、この高度経済成長とは一九九二年の鄧小平南巡講話による改革・開放政策再加速、とりわけ経済成長政策の最後の切り札として発した上海再開発の大号令により始まったものである。また経済成長が一段落するのが九七年鄧死去の前年である点も象徴的である。その意味で村上文学第二世代読者の中核とは、鄧小平時代に成長してポスト鄧小平時代に村上を読み始め、本格的な村上ブームを作り出した若者たちといえよう。

「小資」とは「小資本家（プチブル）」の略称で、「中産」（中産階級の略称）とともに、ポスト鄧時代に流行し始めた言葉で次のように定義されることもある。

小資（小資は高等教育を受けた人：引用者注）は女が多く、中産は男が多い〔略〕白領（ホワイトカラー）か自由業、張愛玲、村上春樹の小説を読む。最新流行歌を聴き、しばしば歌詞に感動する。麗江、陽朔（ともに桂林市付近の名勝地：引用者注）のようなところを旅しては楽しんでいる。テレビを見るのをバカにして、小資ご愛用の外国映画を買って家で見る方が好き。〔略〕年齢三〇歳以下、多くは未婚。（『中国新時代』二〇〇二年九月号）

なぜ高校生から小資までが村上作品を愛読するのか、という問いには、次のような答えが出されている。

それは世界が大きすぎ、固すぎるのに、わたしたちの心があまりに柔らかだから。村上の文章のあの恥ずかしそうな形容はわたしたちの最初の姿であり、あの子供のような言葉は天真な空間を取っておいてくれるのだ〔略〕彼の本は毎頁が一葉の薬草、わたしたちはこれを若い傷に張って、青春の毒を治すのだ。（『同学』二〇〇五年三月号）

このように村上は、ポスト鄧時代の中国では青年の繊細な心の傷を癒す文学として受容されており、それは基本的には台湾や香港、そして日本における村上読者の心境とも共通するものといえよう。

一九九〇年代後半には、女性作家の慶山（チンシャン、旧名：安妮宝貝、一九七四年〜）や衛慧（ウェイ・ホイ、一九七三年〜）など、村上の影響下で作家となる村上チルドレンが登場している点も興味深い。中国の村上チルドレンについては徐子怡の博論『中国における村上春樹の受容と「村上チルドレン」の成長』が詳しく考察している。

（三）第三世代と二社版権取得競争時代

二〇〇九年以後の村上受容第三世代に関しては、主に権慧（早稲田大学村上春樹ライブラリー助教）の博士論文『東アジアにおける村上春樹文学の翻訳と受容』を参考にしてまとめたい。

二〇〇九年に村上エッセー集『走ることについて語るとき僕の語ること』（以下『走る』と略す）が新経典文化股份有限公司（以下、新経典社と略す）より刊行され、上海訳文社による村上文学版権独占の時代は終わり、この版元交替に伴い、訳者も林少華から施小煒（シー・シアオウェイ、一九五七年〜）に代わった。施は上海の復旦大学日本文学科を卒業し、同校教員を務めた後、早稲田大学に留学し、日本大学講師を勤めるなど十八年間の日本滞在歴があり、〇七年に帰国してからは上海杉達学院大学日本文学科の主任教授に就いていた。

二〇〇九年『１Ｑ８４』が日本で発売されると、中国出版界では激しい版権争奪戦が起き、その争いの末、新経典社が中国出版史上最高額の一〇〇万米ドルで再び版権を取得して、施訳で同書中国語訳簡体字版を刊行した。二〇一〇年五月に刊行されたBook 1は初版百二十万部であり、その十一日後にはさらに十万部増刷したという。これにより中国における村上受容は上海訳文社と新経典社の二社による版権取得競争の時代に入り、一九年末までに新経典社は合計十六点の村上作品の版権を取得し、中には既刊の『走る』、『職業としての小説家』と新刊『ラオスにいったい何があると言うんですか』の三作を一つのシリーズ「像村上春樹一様享受生活（村上春樹のような楽しい暮らし）」（二〇一八年）として組み、中国語訳本を出版した。

これに対し上海訳文社は『アンダーグラウンド』や『約束された場所で（underground 2）』など村上春樹の旧作品を出版し、二〇一四年には『風』から『海辺のカフカ』までの長篇小説十作を再録した「村上春樹代表的長編小説十部精装本」シリーズを刊行している。林少華によると知人の助けにより原作と対照しながら誤訳、漏れ訳などを修正したといい、これによって訳文の質に注意し始めていることがわかると権博士は指摘している。

翻訳に関する議論が盛んになってきたこともあってか、二〇一五年に短篇集『女のいない男たち』の版権取得競争で返り咲いた上海訳文社は、林の他に五人の日本文学翻訳家を起用し、共訳体制で同作を翻訳した。そして一七年春、大きな話題を呼んだ村上の長篇小説『騎士団長殺し』は「想像を超える版権額」で再び上海訳文社が取得し、林少華訳で一八年三月に電子ブックとともに刊行された。初版七十万部であった。

上海訳文社は『騎士団長殺し』の出版を機に「村上春樹作品系列（二〇一八）版）」の刊行を開始しており、二〇一四年版「村上春樹代表的長編小説十部精装本」長篇小説十作を新たな装丁で同シリーズに収録し、さらに村上と川上未映子との対談集『みみずくは黄昏に飛びたつ』（二〇一七年）なども加えて、二〇二〇年九月まで合計二十点の作品を網羅している。

同シリーズの『森』は二〇一八年三月に第一版を二十万部刊行し、二〇年一月までに六回の増刷を経て、発行部数は九十五万に達している。二年未満の短期間で百万部近くの『森』が出版され、さらに一八年から二〇年九月まで上海訳文社と新経典社がそれぞれ村上春樹作品をシリーズ化し、合計二十七点の村上作品が刊行されたことを考えると、中国では『騎士団長殺し』の出版をきっかけに第五次村上ブームを迎えたといえよう。〇九年から一九年十二月三十一日までに刊行された村上関連書籍は日韓両国刊行書の中訳も含めて合計二十七点にのぼり、村上受容第二期、上海訳文社独占時代の三倍に達しているという。

このように中国における村上受容は三十年以上の長い歴史を有しており、十年ほど前からは、楊炳菁著『ポストモダンの文脈における村上春樹』（原文：後現代語境中的村上春樹）（二〇〇九年）、尚一鴎著『村上春樹小説芸術研究』（二〇一三年）、など本格的な村上春樹論が続々と刊行されている。両書は博論を単行本化したもので、村上春樹作品のポストモダン性について詳細に分析しており、著者は共に一九七〇年代生まれ、当時の代表的中堅研究者であった。楊著の構成を簡単に紹介しておこう。

同書第二章「村上春樹小説のポストモダン的特徴と芸術的新境地」はポストモダン詩学理論を援用しながら、「モダニティ再考」「歴史の架け橋的作用」そして「自我のテーマの処理」という三方面から村上作品におけるポストモダニズムの展開を論じている。続く第三章「自我の形象化と他者化」では『森』と『世界の終わりとハードボイルド・ワンダーランド』に焦点を当てつつ、前者では「主人公の多重的自我を主人公以外の人物に投射し、リアリズムの手法を用いて、他人を浮き彫りにすることにより自我観照を行い、自我の他者化を実現した」と、後者では「自我意識の世界を形象化し、非現実的な物語を通じて自我意識の世界を再現し、合わせて自我認識の多元化を実現した」とそれぞれ論じている。

登場人物同士の関係をめぐっては、日本でも清水良典が「直子はこの小説の人物全員の鏡である」と、石原千秋が「ワタナベトオルはキズキの鏡だと言える。しかも、その鏡にはキズキが逆さまに映っている」(『謎とき村上春樹』光文社新書、光文社、二〇〇七年)等々と指摘はしている。ただ、楊のように徹底して『ノルウェイの森』主要登場人物全員に対する「自我の他者化」を検証した研究を、私は寡聞にして耳にしたことがない。

実は現代日本の村上研究では「自我」という概念はほとんど用いられることがないのだが、村上は彼が敬愛するアメリカのミステリー作家レイモンド・チャンドラーの代表作をめぐって次のように語っているのである。

（主人公の探偵：引用者注）フィリップ・マーロウという存在を確立し、自我意識というくびきに代わる有効な「仮説システム」を雄弁に立ち上げることによって、チャンドラーは近代文学のおちいりがちな袋小路を脱するためのルートを、ミステリというサブ・ジャンルの中で個人的に発見し、その普遍的な可能性を世界に提示することに成功した〔略〕行為が自我の性質や用法に縛られていることをいちいち証明する必要はないのだ、と。それがチャンドラーの打ち立てた、物語文体におけるひとつのテーゼだった。

村上文学を分析する際に、楊著が動員してきた「自我」という一見古めかしい文芸批評用語は、実はなかなか有用な工具であるのかもしれない。なお村上春樹のチャンドラーと「自我」に関する考えについては、楊著第1章で詳しく分析されている。

第四章「歴史の架け橋化と隠喩化」で『海辺のカフカ』論を展開する際に、小森陽一『村上春樹論』の歴史を否定する反動的小説という『海辺のカフカ』全面否定論に対して的確に反論し、「小森陽一のいわゆる（歴史の：引用者注）忘却の作用とは逆に、村上春樹は実際には殺戮の隠喩を通じて非常に厳粛な問題を提起したのである――有形あるいは無形の暴力に直面した時、私たちは別の暴力という形式を用いてそれを終結させた良いのか否か？」と指摘してもいる。『海辺のカフカ』における「非過去形」をめぐる次のような指摘も興味深い。

村上春樹は過去の小説で慣用されていた過去時制の文体を改変し、『海辺のカフカ』の奇数章で「非過去形」を用いたのは、おそらくこのような英語の時制からヒントを得たのであろう。しかし、「非過去形」はやはり英語の現在時制とは異なる。〔略〕日本語の「非過去形」は一般にある種の臨場感を生み出す。〔略〕時制自体の文法的作用のほかにさらにある種の隠喩的作用を備えるのである。〔略〕村上春樹が文体的隠喩作用を通じて強調したことは――暴力に直面した際に結局どのような態度を取るべきか、実はその答えは個体である個々人の手の内にあるのだ。

このような日本語の特質に基づく小説論が可能となったのは、楊炳菁が中国人の日本文学研究者であるからであろう。

同時期に台北で刊行された専門書に、張明敏著『村上春樹文学在台湾的翻訳与文化』（聯合文學出版社、二〇〇九年）がある。

（四）劉研著の村上批判――ポスト戦後期の歴史記憶

楊炳菁らの高水準で本格的な村上研究に続いて二〇一六年九月に登場するのが劉研著『日本〝ポスト戦後〟期の精神史的寓言――村上春樹論』である。同書は村上作品における日本の対中国侵略戦争に関する歴史の記憶の描き方と戦争責任の自覚のあり方をめぐり、全面的に村上春樹批判を展開しており、序論「日本〝ポスト戦後〟期の思想空間と村上春樹の文学的〝オフサイド〟」で次のように述べている。なお引用末尾の「村上に対し」以下二行はやや意味不明である。

> 日本の学界の研究は以下の点に焦点を絞っている――世界文化との関係において、主に村上の創作・翻訳とアメリカ文化・日本文学との関係および東アジア特に中国における影響の問題を分析する。村上の高度資本主義都市化の感覚の描写に注目する。ポストモダニズム文芸批評の視点から村上小説中で関わる言語・テクスト性・身体性・他者性などの問題を考察する。叙述構造において戦争・記憶・暴力・トラウマなどキーポイントに対し分析を行う。村上小説中のさまざまな超現実的要素、潜在意識の具象化などの特徴に焦点を絞り、作品に対し寓言式の解釈を行うかあるいは精神分析を行う。文体的特徴・叙事戦略の角度から村上の〝総合小説〟的革新性を明らかにする。それと同時に、作家の位置づけも初期に公認されていた青春小説家から国民作家へと変化している。その研究は空前の盛況ぶりであるが、なおも一部不足の点が

あり、村上文学独特の思想文化価値に関する注目が不十分であり、村上に対し文学的角度から日本社会のさまざまな病状の思索というこの終始変わらぬ内在的コンテクストに対し全面的整理と分析を行った研究者はほとんどいない。

劉著の主旨は最後の一句の「村上文学独特の思想文化価値に〔略〕注目」および「村上に対し文学的角度から日本社会のさまざまな病状の思索この終始変わらぬ内在的コンテクストに対し全面的整理と分析を行」うことにあり、それを六つの課題に分類して詳述している。これをまとめて個条書きすると以下のようになるだろう。なお劉著は日本の「ポスト戦後期」の発端を一九七〇年としており、この年は「村上文学の世界の中の時間の発端でもあり、そして一九七〇年代以来の高度資本主義都市生活の中の精神と身体の苦難を描くことは村上の文学的発展と言うべきでもある」と述べている。

（1）日本の「団塊の世代」の「ポスト戦後期」「高度資本主義」における喪失感。
（2）東西文化融合を正しく処理し、日本の民族文化を健康的発展に導くために村上が創出した「中間地点」論（二つの文化の間の中間地点での相互作用と交流を模索すること（これは『すばる』一九九三年三月号においてアメリカ人作家ジェイ・マキナニーとの対談で村上が語った抱負＝引用者注)。
（3）村上が「ポスト戦後期」における日本の「近代化」を反省する際の、集団記憶と戦争叙事。
（4）「ポスト戦後期」日本社会にとって巨大な「他者」である中国の描写。
（5）一九九〇年代のバブル経済崩壊・阪神大震災・オウム真理教地下鉄サリン事件・従軍慰安婦問題などの時代の危機に直面した日本人に村上が与える「癒やし」の問題。
（6）「ポスト戦後期」に日本の「近代化」を反省する際の知識人問題。

劉著はまさに『日本〝ポスト戦後〟期の精神史的寓言――村上春樹論』という書名通りの雄大な構想を掲げている。全三百九十四頁の同書末尾には十五頁にわたる「主要参考文献」が付されており、「村上春樹研究主要日本語文献（1984-2014）」だけでも百七十四点の書籍を列挙しており、「其他主要参考文献」にも日本語著作六十三点、中国語訳書五十六点、中国語著作二十六点を列挙している。

ただし本文や脚注では人名・書名などの誤記や、「主要参考文献」収録の単行本からではなく初出雑誌等からの引用も散見され、さらに数多くの村上作品や日本語研究書の誤訳・誤読が同書の理解を困難にしている。誤訳・誤読については、折に触れて考察することとして、（1）〜

（6）の各項で劉著は結論を先取りして述べているので、本書のテーマと関係の深い（3）～（4）の主要な村上批判を検討してみよう。

（3）には次の一節が含まれている。

九〇年代の『ねじまき鳥』は個人の記憶と集団記憶の相互作用（原文：相互指渉）で歴史の記憶を構築しており、さらに戦後責任問題を提起したことは、戦後生まれの日本人も、父の世代が暴行を行った根源を反省せねばならないことを表明している。しかし小説が歴史の記憶を通じて故意の選択および日本人を被害者的地位に置く設定等は、作家が民族主義的文化の立場を越えていないことを意味する。一九九〇年代に村上は河合隼雄との二度の対談後に思想的転向をしており、二〇〇二年出版の『海辺のカフカ』では、主人公はトラウマの記憶を一方に掛けて自己治療を実現しており、その中には集団記憶の抹殺と国家歴史を抹殺する傾向が秘かに含まれている。

劉著は「第三章　歴史・記憶・物語――村上春樹の歴史叙事」で『ねじまき鳥』を本格的に論じる際に、まずは「ノモンハンの戦争に先立つある小規模な作戦行動」に参加した間宮中尉と、父親が満州国首都新京の動物園で主任獣医を勤めていたナツメグとの戦争の記憶をめぐり、次のように述べている。

(間宮中尉の身体的痕跡に刻まれた回想にしても、ナツメグの息子シナモンが母の記憶から感じ取りさらに虚構を加えた記憶にしても：引用者注)共に社会的記憶の周縁と開始段階に位置する個人的記憶と家庭的記憶であるが、それらが関わるのは日本の中国侵略史であり、それらが実演するのは個人的記憶ではあるが、指し示すものは民族的集団的記憶であり、この種の個人的記憶と集団的記憶の相互作用が共同して現代日本の戦争記憶を構築し、同時に戦争記憶と現代日本人のアイデンティティ構築の関係問題に及ぶのである。

そして劉著は村上が二〇一〇年のインタビューで語った言葉を引用している。

僕の言う「歴史」は、たんなる過去の事実の羅列でも引用でもなく、一種の集合的記憶としての歴史です。たとえば、ノモンハンでも間宮中尉の強烈な体験も、ただの老人の思い出話ではなく、僕の中にも引き継がれている生の記憶であり、僕の血肉となっているものであり、現在に直接の作用を及ぼしているものです。そこが大事なんです。

続けて劉著は『ねじまき鳥』が完結した一九九五年とは戦後五十周年にして日本が阪神大震災とオウム真理教サリン事件に遭遇した年でもあり、「多くの日本人が自分の過去を正視し、日本が原爆の犠牲者であるだけでなく、東アジアにおいて大罪悪を犯した加害者であることを意識した」と述べる。この年には「戦争責任、戦後責任および被害者の叫び声を否定し、「国家正史」を鼓吹する民族主義・歴史修正主義の波が現れた」と指摘するが、そのいっぽうで、「日本の左翼知識人はこの言論に対し激しい批判を展開し、小森陽一は日本の戦争の歴史の改竄という悪例を最初に作り出したのが天皇裕仁が発布した「終戦の詔書」であると指摘した」とも述べている。そしてこのような「「言論内戦」の根本的原因は自らの国家歴史のアイデンティティーにおいて存在する巨大な亀裂にある」と劉著はまとめるのである。

このような『ねじまき鳥』発表当時の日本における一九九五年の戦争歴史問題をめぐる亀裂という日本に注目しつつ、劉著は同作の分析を始める。劉著は「村上が歴史を描く方法はとても独特で、〔略〕書面の史料を引用したり虚構することはなく、また正面から歴史事件を描くこともない。〔略〕作者は〝正史〟の外に私たちのために〝ねじまき鳥編年史〟——個人伝記式の体験的回想を構築する」と指摘した上で、以下のように主張する。

戦争が終わったばかりの時には、体験者にとって、戦争は人々の頭の中で生々しく、敗戦意識が日本人の記憶の中で深い烙印として押されており、新たに日本の〝自信〟を得るために、彼らは侵略戦争の罪を歴史伝統から剔抉削除し、自らの優秀な民族伝統によりアイデンティティ危機を克服したのであり、川端康成の戦後の日本古典美を提唱したのは、まさに日本人のアイデンティティ・トラウマを癒やすためであった。

この主張の根拠は、川端に関する断片的な事例以外、何も示されていない。戦後日本の小説だけでも武田泰淳・田村泰次郎らが自らの中国戦線従軍体験に基づき日本軍の中国人に対する罪を描いており、劉著が川端の古典美提唱によるトラウマ癒やしという説を唱えるに際し、それが日本人全体の意識であった、と断定するのは単純な思い込みによるものといえよう。

それはさておき劉著は、戦後育ちの岡田亨・クミコ夫妻は当初戦争の記憶を拒んでいたが、失踪したクミコを探して亨が「自己の小天地から踏み出した時、彼自身の経験の外で生じた歴史・他人の回想を自己の版図に組み入れた。そして彼がわけがわからないうちに野球バットで歌手をほとんど殴り殺す時、彼は自らの暴力的傾向を省察してもおり、この暴力的傾向は明らかに「歴史の最も暗い部分」に加わっており、ここに至って岡田亨の内心の深い井戸において、戦争という「別にある」ものは自己の一部となったのである」と解釈する。

そして劉著は村上の二〇〇九年エルサレム文学賞授賞式講演に触れて、「かつて侵略戦争に参加しすでに亡くなった父親について語った時にもこの点を裏付ける」と述べて、講演から次の一句を引用している。

「父は亡くなり、その記憶も――それがどんな記憶であったのか私にはわからないままに――消えてしまいました。しかしそこにあった死の気配は、まだ私の記憶の中に残っています。それは私が父から引き継いだ数少ない、しかし大事なもののひとつです」

ここで劉著は「以上述べたように、村上は小説叙事を通じて戦争の記憶に関する世代間伝承を完成した。〔略〕戦争の記憶の伝承とトラウマの問題に関して、一定の意義においても日本人に中国およびアジアのその他の地域の日本の侵略史に対するこれまでの感覚を考えるように促した」といったんは評価している。

（五）被害者意識過剰による反省の稀薄化

しかし劉著は続けて「もちろん私たちは冷静に注意せねばならない――村上の戦争記憶および世代間伝承をめぐってはなおも多くの不足の点が存在するのだ。」と批判を開始しており、「不足の点」とは以下の通りである。

〔略〕間宮中尉の戦争回想には生命の虚無感に満ちており、ナツメグの戦争物語はさらに多く運命の無常に染められており、そしてナツメグの記憶体験には強烈な被害者意識が溢れているため、戦争の残忍さを弱体化し、戦争自体に対する反省を稀薄化している。歴史精神のトラウマに直面して、岡田亨の〝井戸〟底追撃と笠原メイが最後に探し当てる「アヒルのヒト」の純粋な世界にはすべて疑いようもなく仮想空間のゲーム的色彩に満ちている。〔略〕村上がこれにより批判的歴史意識を構築したとはとても言えないのである。

二〇一六年九月刊行の劉著は「日本の中国侵略戦争から七十年近くが過ぎて、戦争の記憶はすでに口頭の語りから文字の記録へと進展したが、日本の戦争責任問題はこれまで真剣に解決されることはなく、右翼団体も幾度も侵略戦争を否定しており、そのため民族と戦争の歴史に関する複雑な感情記憶はなおも中国人と日本人と共に避けて通れない」と述べている。

日本の対アジア侵略の責任については、日本政府は終戦五十周年の一九九五年八月十五日に「村山内閣総理大臣談話「戦後五〇（原文ママ）周年の終戦記念日にあたって」（いわゆる村山談話）において、以下のように明確にこれを認め、かつ謝罪している。

わが国は、遠くない過去の一時期、国策を誤り、戦争への道を歩んで国民を存亡の危機に陥れ、植民地支配と侵略によって、多くの国々、とりわけアジア諸国の人々に対して多大の損害と苦痛を与えました。私は、未来に誤ち無からしめんとするが故に、疑うべくもないこの歴史の事実を謙虚に受け止め、ここにあらためて痛切な反省の意を表し、心からのお詫びの気持ちを表明いたします。また、この歴史がもたらした内外すべての犠牲者に深い哀悼の念を捧げます。

この「いわゆる村山談話」を外務省がホームページに日本語と共に英語版・中国語版・韓国語版で掲載している。共産党独裁の中国では、文革や天安門事件に関する言論を禁止するなどの言論統制が行われているが、民主主義国家で言論の自由を尊ぶ日本では、「村山談話」に異論を唱えることも自由であり、日本人の一部に対中国侵略を否定する者もいるのは事実であるが、国家としての日本の立場は「村山談話」であることは念のため申し添えておきたい。

劉著は「一九九五年の戦争歴史問題をめぐる亀裂という状況」において、「いかに日本はアジアのその他の民族に対し犯した犯罪行為にいかに向き合い認識するかという論証の中で、村上春樹は歴史文献に基づく〝歴史小説式〟の創作で以て参与してきたのである」として、『ねじまき鳥』を批判している。村上が基づく「歴史文献」とは、『ねじまき鳥』第1・3部巻末掲載の参考文献を指しており、それは『ノモンハン美談録』(忠霊顕彰會編、新京満洲圖書株式會社)、一九四二年)から『満州帝国　Ⅰ・Ⅱ・Ⅲ』(児島襄、文藝春秋、文春文庫、一九八三年)までの十点ほどである。劉著の批判の論理は以下の通りである。

『ねじまき鳥』の価値はそれがどのような歴史的素材を潜ませているかにあるのではなく、要点は作家が念入りに選び抜いたどのような叙述方式でどのような歴史認識を構築しているかにあり、この歴史認識はまた近代日本以来の文化的コンテクストとどのような内的関係を有しているかにあるのだ。

その上で劉著は「小説の登場人物の経歴選定は色濃い被害者意識を放っており〔略〕間宮には侵略者の構成員として論理的には贖罪意識があるべきだが、植民地から帰国してすべてを失った感覚が、時間の流れに従い、被害者意識に変化している。ナツメグの記憶の中の〝潜水艦〟には同様の作用があり、〔略〕疑いようもなく、再度被害者意識を強化している」と批判する。

赤坂ナツメグは『ねじまき鳥』第3部に登場する元デザイナーにして重要な脇役で、同業者の夫が殺された後、自らの心霊治療の霊的能力に目覚め、有力者の夫人たちを治療している。第5章で紹介したように、彼女の父は満州国首都新京の動物園主任獣医であり、敗戦直前に妻とナツメグを日本に帰国させた。

劉著が言及する「ナツメグの記憶の中の〝潜水艦〟」とは、十歳あるいは十一歳のナツメグが母と二人で終戦直前に満州から佐世保行きの非武装の老朽輸送船で帰国した際のエピソードを指している。輸送船の前にアメリカ海軍潜水艦が浮上し、並走しながら甲板砲で輸送船撃沈の準備を始めるのだが、ポツダム宣言受諾により寸前で潜水艦は攻撃を中止し、ナツメグ母娘は佐世保に上陸できたのである。劉著はこのような日本の非戦闘員が殺害されかける物語は、日本人の被害者意識を強化して、中国への加害者としての自覚を稀薄化させていると批判したのである。

ナツメグは新京に残った父の運命を「たぶん進駐してきたソビエト軍に捕まってシベリアに連れていかれて、強制労働させられて、ほかの多くの人たちと同じようにそこで亡くなったんだと思う。どこか冷たくて寂しい土地に、墓標もなく埋められて骨になっているのだと思う」と語っている。このような中国戦線に送られた日本の将兵や中国に渡った民間人の惨死・惨状を描くことも、劉著は対中国加害者意識の稀薄化として非難するのである。

しかし『ねじまき鳥』は日本軍の中国人に対する悪行も多く描写している。間宮中尉の物語においては、「ノモンハンの戦争に先立つある小規模な作戦行動」に同行した「タフなたたき上げの下士官」で「中国での戦闘で勲功も立て」た浜野軍曹に、次のような長い打ち明け話を語らせているのだ。なお間宮中尉は当時、少尉であった。

彼（浜野軍曹：引用者注）は小学校を出ただけの、根っからの兵隊でしたが、中国大陸でのいつ果てるともしれない厄介な戦争には彼なりに疑問を抱いておりましたし、その気持ちを正直に打ち明けてくれました。自分は兵隊だから戦争をするのはかまわんのです、と彼は言いました。国のために死ぬのもかまわんのです。それが私の商売ですから。しかし私たちが今ここでやっている戦争は、どう考えてもまともな戦争じゃありませんよ、少尉殿。それは戦線があって、敵に正面から決戦を挑むというようなきちんとした戦争じゃないのです。私たちは前進します。敵はほとんど戦わずに逃げます。そして敗走する中国兵は軍服を脱いで民衆の中にもぐり込んでしまいます。そうなると誰が敵なのか、私たちにはそれさえもわからんのです。だから私たちは匪賊狩り、残兵狩りと称して多くの罪もない人々を殺し、食糧を略奪します。戦線がどんどん前に進んでいくのに、補給が追いつかんから、私たちは略奪するしかないのです。捕虜を収容する場所も彼らのための食糧もないから、殺さざるを得んのです。間違ったことです。南京あたりじゃずいぶんひどいことをしましたよ。うちの部隊でもやりました。何十人も井戸に放り込んで、上から手榴弾を何発か投げ込むんです。その他口では言えんようなこともやりました。少尉殿、この戦争には大義もなんにもありゃしませんぜ。こいつはただの殺しあいです。そして踏みつけられるのは、結局のところ貧しい農民たちです。彼らには思想も何もないんです。国民党も張学良も八路軍も日本軍も何もないのです。飯さえ食えれば何だっていいんです。私は貧乏な漁師の子だから、貧しい百姓の気持ちはようわかります。庶民というのは朝から晩まであくせく働いて、それでも食べていくのがやっとというだけしか稼げんのです、少尉殿。そういう人々を意味もなくかたっぱしから殺すのが日本の為になるとはどうしても思えんのです。

「貧乏な漁師の子」である浜野は、「多くの罪もない人々を殺し、食糧を略奪し」、捕虜を殺害したことを「間違ったこと」であり「この戦争には大義もなんにもありゃしませんぜ」と指摘し、中国の「貧しい農民たち」を「意味もなくかたっぱしから殺す」ことを「日本の為になるとはどうしても思えんのです」と言い切っている。「南京あたりじゃずいぶんひどいことをしましたよ〔略〕」と、一九三七年十二月の日本軍による中華民国の首都南京攻撃の際に生じた南京事件についても触れている。

劉著は浜野の打ち明け話を引用はしているが、それは文庫本で二十行の話の内の、「南京あたりじゃずいぶんひどいことをしましたよ〔略〕その他口では言えんようなこともやりました。」という二行にすぎない。

また『ねじまき鳥』第3部は、ナツメグの父親が動物園での日本軍による中国人虐殺に巻き込まれる事件を描いている。敗戦直前に日本兵が動物園の虎や彪らを射殺した翌日、この将兵一隊は再び動物園に現れて、四人の中国人を処刑する。隊長の中尉によれば「この連中は満州国軍の士官学校の生徒でした。新京防衛の任務に就くのを拒否して、昨日の夜中に日系の指導教官二人を殺して脱走した」という。中尉は「自分自身に向かって喋っている」かのように銃剣による刺殺法を獣医に詳しく説明し、彼自身も兵士たちも実際には「まだ人間を殺したことはない」と言い足す。その後に四人のうちの三人に対する銃剣による刺殺刑が次のように描かれるのである。

兵隊たちは次の号令で銃剣の先を中国人たちの肋骨の下に思いきりぐさりと突き刺した。そして中尉の言ったように、刃先をねじ曲げるようにして内臓をぐるりとかき回し、それから切っ先を上に向けて突き上げた。中国人たちのあげた声はそれほど大きなものではなかった。それは悲鳴というよりは深い鳴咽に近かった。身体に残っていた息をどこかの隙間から全部一度に吐き出すような音だった。兵隊たちは銃剣を抜き、後ろに下がった。そして伍長の命令にしたがってもう一度、同じ作業を正確に繰り返した。銃剣を突き刺し、かき回し、突きあげ、抜いた。獣医は無感動にそれを眺めていた。彼は自分が分裂を始めているような錯覚に襲われた。自分は相手を刺すものであり、同時に相手に刺されるものだった。彼は突き出した銃剣の手ごたえと、切り刻まれる内臓の痛み（傍点は引用者による）を同時に感じることができた。

ここで日本人獣医は残酷な処刑場面に立ち会わされて、殺す日本兵と殺される中国人の両者の身体感覚を同時に感じ取っているのである。『ねじまき鳥』執筆に先立ち、村上は殺される側の身体感覚について、一九八九年六月に地中海のリゾート地で接した天安門事件の報せをめぐり、次のように書き留めていた。

> ロードス島に滞在しているあいだ、まったくといっていいくらい新聞を読まなかった。〔略〕／久し振りに新聞を買って読んだのは、六月六日のことだった。〔略〕／でもこの六月六日の新聞は、もう宿命的と言ってもいいくらい重い記事で埋まった新聞だった。まずだいいちに、北京では人民解放軍によって二千と推定される学生・市民が射殺されていた。戦車が天安門広場に張られたテントを踏み潰し、女子学生がその胸を銃剣に突き刺されていた。各地で内戦が持ち上がるかもしれない、と記事にはあった。〔略〕世界は血なまぐさく、死者で満ちていた。そして音を立てて動いていた。僕が毎日ロードスの浜辺に横になって、サクランボを食べながら日光浴をしているあいだに。北京の記事は本当に読めば読むほど気が滅入ってきた。それはどこにも救いのない話だった。もし僕が二十歳で、学生で、北京にいたとしたら、僕だってやはりその場所にいたかもしれない。僕はそういう状況を想像してみる。そしてこちらに向かって飛んでくる自動小銃の弾丸を想像する。それが僕の肉に食い込み、骨を砕く感触（傍点は引用者による）を想像する。そしてゆっくりと訪れる暗闇を想像する。

一九八九年六月にロードス島の保養地にありながら、北京の人民解放軍が学生・市民に向かって発砲した自動小銃の弾丸が「僕の肉に食い込み、骨を砕く感触」を想像した村上は、同様の体験を一九四五年八月の満州の日本人獣医に「切り刻まれる内臓の痛み」として感じさせているのである。しかも獣医は殺す側の「銃剣の手ごたえ」も感じている。『ねじまき鳥』では戦争や動乱の際の軍隊の暴力に対する身体感覚はいっそう奥深いものとなっているのである。

『ねじまき鳥』のこの一句を中国語訳する際に、訳者の林少華は「被刺内臓的疼痛（刺される内臓の痛み）」と訳しており、「切り刻まれる」という身体感覚を訳し漏らしている。またロードス島滞在記は村上の旅行記『遠い太鼓』に収録されており、その林訳は原作刊行から二十余年も後に、台湾頼訳刊行からも十余年遅れて二〇一一年に刊行されたが、原書の「北京では人民解放軍によって二千と推定される学生・市民が射殺され〔略〕僕だってやはりその場所にいたかもしれない」という一節が十行まるごと抹消されている。天安門事件をタブー視する共産党の政策に従った削除処置であろう。

私は、拙著『村上春樹のなかの中国』で、意訳傾向が強い林少華の翻訳には誤訳・訳洩れが多いと指摘したが、おそらく劉研は林訳のみを頼りにして、村上作品を日本語原文で確認するという作業を怠ったため、天安門の弾丸が「僕の肉に食い込み、骨を砕く感触」にも動物園の銃剣に「切り刻まれる内臓の痛み」にも気づかぬままに、村上批判を展開したのであろう。

ナツメグの父である獣医は、さらに残酷な日本軍による中国人虐殺を体験する。銃剣による三人の刺殺刑が終わると、中尉は木の幹に縛り付けた残りの一人の中国人を指差して言う。この男は「(士官学校野球部：引用者注)チームの主将で四番バッターで、この脱走計画のリーダー格だったようです。彼がバットで二人の教官を殴り殺しました。〔略〕私はこの男を同じバットで殴り殺せという命令を上から受けています〔略〕下らん命令です。〔略〕これ以上死体の数を増やしたところで意味はありません。しかし命令は命令です。私は軍人として、どんな命令にも従わなくてはならない〔略〕」

中尉は若い兵隊にバットによる撲殺を命じるが、この兵隊の「生まれた北海道の開拓村も、あるいは育った満州の開拓部落(原文ママ)も同じくらい貧しく、〔略〕野球をしたこともなければ、野球の試合を見たこともなかった。野球のバットを手にするのはもちろん初めてだった」。そこで中尉は兵隊にバットの握り方からスイングの基本を教える。「いいか、思い切りよくなるべく一発で楽にしてやれ。時間をかけて苦しませるな」と命じる中尉の言葉の後に、「いったいどこの誰がそんな馬鹿なことを思いついたんだ。(傍点は引用者による)でも指揮官が部下に向かってそんなことを口にするわけにはいかない」という間接話法的な中尉の胸の内の言葉が続く。そして兵隊がバットを力まかせに中国人の後頭部に叩きつけると——。

頭蓋骨が砕けるぐしゃりという鈍い音が聞こえた。中国人は声もあげなかった。彼は奇妙な姿勢で空中に一旦静止し、それから何かを思いだしたように重く前に倒れた。耳から血を流し、地面に頬をつけたままじっと動かなかった。〔略〕若い兵隊は両手にバットを握りしめたまま、口を開けて宙を見ていた。

中尉から死亡確認を頼まれた獣医が、中国人のそばに行き、かがみこんで目隠しを取った後、撲殺遺体の惨状描写が四行ほど続く。その後、手首の動脈が鼓動を止めているのを確認した獣医が立ち上がろうとすると――。

ちょうどそのとき、中国人の四番バッターは目を覚したようにさっと身を起こし、何の迷いもなく――と人々の目には映った――獣医の手首を摑んだ。すべては一瞬のうちに起こった。獣医にはわけがわからなかった。この男は間違いなく死んでいたのだ。（傍点は引用者による）しかし中国人はどこかから吹き出してきた生命の最後の滴りによって、まるで万力でしめあげるように獣医の手首を握り締めていた。そして目をかっと見開いて黒目を上に向けたまま、獣医を道連れにするような格好でそのまま穴の中に倒れこんだ。獣医は彼の体に重なるようにして穴に落ちた。彼の体の下で、相手の肋骨が折れる音が聞こえた。しかし中国人はそれでもまだ獣医の手を握ったまま放さなかった。

以上はシナモンがパソコンに書き込んだ物語である。シナモンが生まれると、母のナツメグは繰り返し彼女が敗戦直前に輸送船上で体験した潜水艦および透視した動物園の話を息子にした。「幻影と真実とのあいだに広がる薄暗い迷路を黙々と彷徨っていた」ナツメグが、この話を語るたびに「物語はどんどん大きく膨らんでいった。／それはね、私たち二人だけの手で作りあげた神話体系のようなものだったの」。シナモンは「六歳の誕生日を迎える少し前」――彼は一九六四年一度目の東京オリンピックの年の生まれなので、七〇年のことであろう――口を閉ざしてしまった。「彼の言葉はその物語のある世界の迷路の中に飲み込まれて消えてしまったのよ。その物語から出てきたものが彼の舌を奪って持っていってしまったのよ」とナツメグは考える。そして彼女と同じく満州からの引き揚げ者で天才的デザイナーであった夫も「その数年後」に「その物語から出てきたもの」に殺されてしまう。彼は七五年の年末にホテルに謎の女とチェックインした後、首は切断され切り刻まれて、「心臓と、胃と、肝臓と、ふたつの腎臓と、膵臓」が運び去られた死体となって発見されたのである。あたかも日本軍に処刑された中国人たちの合体でもあるかのように。

劉著は「ナツメグの記憶の中の〝潜水艦〟」は「疑いようもなく、再度被害者意識を強化している」と『ねじまき鳥』を批判するが、ナツメグが輸送船沈没寸前の危機の中で透視した動物園での中国人虐殺の描写は、非武装の輸送船があわやアメリカ潜水艦に撃沈されるという描写よりも遥かに深刻である。『ねじまき鳥』はアメリカでの英訳版刊行に際しては一部削除されるほどにその長大さが読者の興味を削ぐという懸念が抱かれる作品であった。試みにこの二つのエピソードを量的に比較してみよう。アメリカ潜水艦によるナツメグの輸送船撃沈未遂の物語は、『ねじまき鳥』第3部（新潮文庫、一九九七年十月）の一一〇頁から一一三頁および一三四頁から一三八頁まで合計百十六行で描写されているが、新京動物園での中国人虐殺の物語は、同書三二三頁から三三九頁まで合計二百九十六行を費やして描かれている。村上がさらなる『ねじまき鳥』長大化の懸念に反して、あえて長い虐殺場面を描いたことからも、彼が「被害者意識」と加害者として自覚とのどちらにより重点を置いたのか、察せられよう。

（六）中国人蔑視――失語、愚昧、財欲

劉著は『ねじまき鳥』には中国人蔑視が描かれていると主張して、次のように述べている。

失語、愚昧、財欲――これこそが獣医の眼中にある中国人であり、彼の中国人虐殺に対する疑問とは、僅かになぜこのような殺人方法を用いるのかというものに過ぎない。

まずは後半の批判の問題を指摘すると、獣医は「軍人に対しては何も質問しないほうがいい（傍点は引用者による）」という「ルール」を「新京の街で経験的に学ん」でおり、実際にこの殺害場面の前の会話でも、獣医の質問はすべて中尉から無視されている。また獣医は「なぜこのような殺人方法を用いるのか」という疑問は抱いておらず、「どうしてこの男（背番号4）一人だけが殺されずに残されたのだろう」と不思議に思うのである。

寡黙な獣医と比べて中尉は疲労困憊であるにもかかわらず悪霊にでも憑かれたかのように冗舌で、中国人たちが士官学校を脱走する際に背番号4の男がリーダーであり、「彼がバットで二人の教官を殴り殺し」たため、「私はこの男を同じバットで殴り殺せという命令を上から受けています」と詳しく説明している。ちなみに劉著は中国人たちが「二名の日本教官を殺して逃れようとして」と説明しており、「バットで二人の教官を殴り殺し」たことには触れぬままに、中尉の報復式の処刑を「残酷な死刑」と述べている。

劉著の「失語、愚昧、財欲」とは動物園の猛獣たちを中尉らの将兵一行が射殺したあとの動物園の中国人雑役夫らの描写を評する言葉である。ソ連軍侵攻が迫る中、猛獣の死体の処置に困っていた獣医に、彼らはある取引を持ち掛ける。

先生、もし死体をそっくり全部譲ってくれるのなら〔略〕荷車で町の外まで運んでいって、奇麗に処理してあげる。〔略〕そのかわり動物たちの毛皮と肉が欲しい。とくに熊の肉はみんな欲しがるんだよ。熊や虎からは薬もとれるから、けっこういい値がつく。〔略〕ほんとうは頭だけを狙って撃ってほしかったよ。そうすれば毛皮もいい値段がついたのにね。これじゃまったく素人の仕事だ。はじめから俺達にぜんぶ任せてくれれば、もっと要領よく始末したあげたのにさ。

『ねじまき鳥』では十人余りの中国人たちは幾台かの荷車に動物の死体を積み込み、むしろの覆いを掛ける間、「ほとんど口をきかなかった」とも描写されている。以上が劉著の主張する「失語、愚昧、財欲」なる描写例の一つである。しかし「満州国の崩壊は目前に迫っていた」状況下で、日本軍兵士たちも「終始寡黙だった」のである。

中国人雑役夫たちが動物園での最後の仕事に際し「ほとんど口をきかなかった」のは、彼らがソ連軍占領後の満州の運命を彼らなりに日本兵と同様真剣に、そしてより主体的に考えているからだと解釈すべきではないだろうか。人民共和国建国から文革に至るまで、多数の庶民が対日協力という〝漢奸(かんかん)〟(売国奴：引用者注)容疑や〝海外関係〟のため強制収容所に送られたり、リンチに遭ったりしているのである。

さらに中国人雑役夫たちはこの日を限りに動物園の仕事を放棄している。それでも雑役夫たちが去ったあとには「奇麗に清掃された幾つかの空っぽの檻」が残されていた。彼らは獣医との取引に際して約束した「奇麗に処理してあげるという約束」をきちんと守っており、被使役者から対等な取引相手に変身しているのである。

さらに翌日、獣医が「もう誰も仕事に出て来ないだろう」と思いながら、動物たちの朝食準備のため事務所に行くと、見たことのない二人の中国人の少年が彼を待っていた——。

どちらも十三か十四歳くらいで、色黒で痩せて、目が動物のようにぎょろぎょろとしていた。ここに来て先生の仕事を手伝うように言われた、と少年たちは言った。獣医はうなずいた。彼は二人の名前を訊いたが、少年たちはそれには答えなかった。耳が聞こえないみたいに表情ひとつ変えなかった。少年たちを寄越したのが昨日までここで働いていた中国人たちであることは明らかだった。彼らは先を見越してもう日本人とは一切のかかわりを持つことをやめたのだが、子供なら差しつかえないと思ったのだろう。それは彼らの獣医に対する好意の表れだった。彼らは獣医一人では動物たちの世話がしきれないことを知っていたのだ。

雑役夫たちは敗戦国民になろうとしている獣医に同情して、猛獣死体処理の取引条件にはなかった翌日の作業支援まで手配しているのである。しかし中国の対日戦勝後に〝漢奸〟として罪を問われるのを恐れて、自分たちは出勤することなく、代わりに二人の少年を派遣したのだ。彼らは雑役夫たちの息子か信頼できる親戚や隣人の子供であろう。そして二少年が獣医に対し、「先生の仕事を〔略〕」と敬称を用いて応えているにもかかわらず、「目が〔略〕」しており、「耳が〔略〕」「である」のは、雑役夫たちからこの手伝いがもたらす将来の政治的危険性を十分に聞かされていたからであろう。『ねじまき鳥』における二少年の描写も、「失語、愚昧、財欲」とは反対の賢明さと人情の篤さを表現していると解釈すべきであろう。ちなみに林少華訳は「先生の仕事を〔略〕」の「先生の」一語を訳し漏らしている。

劉著は「獣医の物語」に最初に登場する中国人として、雑役夫たちを挙げている。これも誤読である。中尉はソ連との戦闘に備えて「貴重な銃弾を節約するためにも、動物たちは本来であれば毒薬を用いて「処分」せよと指示されていた。しかし動物園の園長は、「確かに自分は非常時に猛獣を「処分する」という指示を軍から受けており、その方法は薬殺だと承知しているが、実際にそのための毒薬を受け取ったことはない」と答える。この園長も中国人であり、この非常時に際しても素適な警句を発してもいるのである。

「中尉さん、役所仕事というのはいつもこういうものなんです」、その中国人の園長は気の毒そうに中尉に言った。「必要なものは常にそこにないんです」

実はこの一節を含む『ねじまき鳥』第３部第10節「動物園襲撃（あるいは要領の悪い虐殺）」が、単行本刊行に先立ち、文芸誌『新潮』一九九四年十二月号に掲載された時、「その中国人の園長は」の一句は「その年配の園長は」と記されていた。村上は単行本化に際し、「年配」の二字を「中国人」の三字に差し替えて、園長の国籍を中国であると明示したのである。

この中国人園長は『風』など村上初期三部作に最重要の脇役として登場するジェイズ・バーの中国人ジェイを連想させる。ちなみに劉著第四章はこのジェイについて論じており、『１９７３年のピンボール』の中でジェイが語る警句「人は〔略〕どんなに月並みで平凡なことからでも必ず何かを学べる。どんな髭剃りにも哲学はあるってね」を引用している。

劉著はこのジェイの言葉を林少華訳から引用したのだが、肝心の「どんな髭剃りにも哲学はある」を、林少華は「即使剃頭也有哲学（頭を剃るにも哲学はある）」と誤訳している。毎朝の髭剃りの如き日常生活に根差した知恵、というような意味でジェイが語る「哲学」も、「頭を剃る」と誤訳すると、僧侶の仏教哲学のような意味に変じかねないだろう。

このようにナツメグの動物園をめぐる透視物語に登場する中国人たちは、知識人の園長であれば鋭い警句を発し、庶民の雑役夫たちであれば職人的視点から日本軍の射殺を「まったく素人の仕事」と酷評しており、「愚昧」どころかジェイの髭剃り哲学にも通じる暮らしの知恵を発揮しているのである。劉著が中国人園長の存在を読み落とし、雑役夫たちや二少年の描写を「失語、愚昧、財欲」と誤読したのは、林少華の誤訳に影響されたためであろうか。それとも現代中国の大都市民による「民工」（都市に出稼ぎに来た農民下層労働者）に対する差別意識に引きずられたためであろうか。いずれにせよ、劉著が批判する『ねじまき鳥』における歴史認識の「不足の点」とは、著者による同作の誤読など理解「不足の点」から生じた誤解といえよう。

（七）日本の研究書からの断章取義的引用

劉著は、風丸良彦や川村湊の代表的な村上文学批評書を援用して、自らの村上批判を補強している。多くが風丸・川村らの議論から劉著の論旨に好都合な一句を引用する断章取義であり、誤読の一種といえよう。ここでは一例として大塚英志の著作からの引用を読んでみよう。

劉著は『ねじまき鳥』第3部で岡田亨が井戸抜けして綿谷ノボルをバットで殺害するというプロットを取り上げて、次のように述べている。

このようにゲームのように簡単に綿谷ノボルを解決済とすることは、文学的解決としてはもちろん構わないが、日本人の精神的トラウマを癒やそうと極力努める村上は、このような〝超現実〟的方式で人々の戦争に対する真の反省を促すことができるのか、本当に戦争の〝悪〟を消去できるのか。村上のこのような解決方式とオウム真理教とは確かに内在的相似性を有しているのは、大塚英志の言う通りである。「『ねじまき鳥』は歴史に直面して身心に健康を回復させようと極力努める物語であるが、その中で必要な手続きを欠いたまま早急に語られる歴史は、オウム的な救いに対する反復に他ならない。（傍点は引用者による）

　劉著における大塚論文「〈ぼく〉と国家とねじまき鳥の呪い」からの引用は、とりあえず劉著の中の中国語訳を日本語に翻訳した。その理由は劉著の引用翻訳は誤訳であり、その理由の一つは日本語原書の誤植にあるからだ。劉著の注によれば、引用文は『村上春樹　日本文学研究論文集成46』（木股知史編、東京・若草書房、一九九八年）を原典とすると称している。この論文は大塚著『村上春樹論――サブカルチャーと倫理』（若草書房、二〇〇六年）にも収録されており、前者の誤植は後者で修整されている。

　大塚著『村上春樹論』三七頁の原文は「『ねじまき鳥』は〈歴史〉へのリハビリテーションの物語であり、その手続きを欠いて早急に語られる〈歴史〉は、オウム的なものの救いようのない反復に他ならない（傍点は引用者による）」であるが、それは木股知史編『村上春樹』二二三頁の「救いようの反復に他ならない」という誤植に対し「ない」の二文字を加え「救いようのない反復」と訂正したものである。劉著巻末参考文献には大塚著『村上春樹論』・木股編『村上春樹』ともに列挙されているが、劉研は「救いようの反復に他ならない」という異様な日本語に疑問を持たず、大塚著『村上春樹論』を確認することなく、木股編の論文集から強引に中国語訳したのである。そのため「オウム的なものの救いようのない反復」の一句は「オウム的な救いに対する反復」へと変質し、『ねじまき鳥』はオウム真理教事件主謀者たちが称した「ポア」という殺人による魂の救済と同義とされてしまったようである。

劉著は「村上文学の特色の一つは、まさに読者の読書における積極的参加を必要とすることであり、〔略〕（読者は：引用者注）我を忘れる娯楽ゲームで戦争の記憶により生じた自己のトラウマを癒やすのである」と村上小説のゲーム性を批判する。その際に蓮實重彦の『朝日新聞』一九九六年八月二十九日付夕刊「文芸時評」を引用しながら「蓮實重彦は考える――村上のこのような戦争叙事は完全にイマジネーションの世界のもので、それ故に「歴史はここにはいっさい不在である」と述べている。

大塚論文「〈ぼく〉と国家とねじまき鳥の呪い」も冒頭でこの蓮實の「歴史不在」という村上批判を引用して、その「妥当性については後に触れる」と断った上で、初期において「徹底して非〈歴史〉的であろうとした村上春樹は、しかしその根拠として〈歴史〉への焦燥を強く隠しもっている」と指摘する。

村上が〈歴史〉への焦燥を主題化するきっかけを彼のアメリカ・プリンストン大学滞在記『やがて哀しき外国語』に求める大塚は、それが一九六五年刊行の「江藤淳のアメリカ体験記である

『アメリカと私』の意図的なヴァリアント（異本）として書かれている」ことを明かし、「村上春樹にとってオリジナル、いわば起源（オリジン）、すなわち〈歴史〉の回復は、異本をつくりだす過程においてかろうじて可能なのである」と考察を進める。

さらに大塚は、『ねじまき鳥』で〈歴史〉は「ありふれたホラー小説の」呪われた「〈館もの〉の変奏として描かれ」、その形式は「TVゲームの中の一領域であるアドベンチャーゲームの書式そのものである」と指摘する。そして『ねじまき鳥』において「呪い」に相当するのが〈歴史〉であり、クミコは館に囚われたお姫様、綿谷ノボルは魔道士、この魔道士と対決する「僕」を助けるナツメグは白魔術師〔略〕と大塚は村上作品にメスを入れていく。

それではなぜ村上は「ホラー小説の凡庸な構造をロール・プレイすること」により、「〈歴史〉を呪いとして描き、しかもその復活の阻止を物語った」のか。それは「オウム騒動でオウムの人々が語った陰謀史観に基づく「年代記（クロニクル）」では、彼らはフリーメーソンや国際ユダヤ資本といった〈歴史〉の闇に潜む勢力と戦っていた。〔略〕オウムの人々も、オウムを語った人々も、その意味で〈歴史〉の「闇の力」を信じ、その発動を期待していた」のであり、大塚は「ぼくがいう〈正史〉への焦燥とはこのような感情を指す」と定義した上で、次のように考察している。

村上の中に〈正史〉への焦燥は色濃くある。だからこそ彼は、〈歴史〉を「闇の力」として描くという、ある意味でオウム的ともいえる凡庸な想像力を一度は発動させている。
だが最終的にはそれを慎重にファンタジー領域にとどめることで、ぼくたちの中に芽ばえつつある〈正史〉への焦燥にかろうじて批評的でありえているように思う。
そして大塚は蓮實重彦の『ねじまき鳥』における「〈歴史〉の不在」批判に対し、次のように反論する。

その村上の理性、〈正史〉への誘惑に対し、かろうじてふみとどまったという印象は決して悪いものではない。むしろ、村上の〈歴史〉の不在を鬼の首でもとったように批判した蓮實のほうが〈正史〉への焦燥に無自覚に崩れ落ちているようにさえ思える。／村上は〈正史〉の誘惑に対する彼自身の弱さに自覚的である分だけ蓮實よりは批評的、なのである。

このようなオウム真理教事件に起因する〈正史〉問題への村上的抗いに対する大塚の結論が、先ほどの劉著引用の誤読誤訳の一句を含む次の一節なのである。

早急に〈歴史〉を語ることの誘惑に耐えることが、〈歴史〉の回復への唯一の回路なのである。村上春樹は〈歴史〉を描くにはおよそ不向きな彼の小説作法を駆使して、たどたどしいことばでそのことを紡いでいる印象がある。繰り返すが、『ねじまき鳥』は〈歴史〉へのリハビリテーションの物語であり、その手続きを欠いて早急に語られる〈歴史〉は、オウム的なものの救いようのない反復に他ならない。

私自身は電子ゲームやホラーものとは縁遠いので、大塚著による『ねじまき鳥』分析の妥当性を判断できないが、村上小説がゲーム的と批判される理由と、「『ねじまき鳥』は〈歴史〉へのリハビリテーションの物語」であるという指摘には納得している。その上で、『ねじまき鳥』が描く間宮中尉の回想やナツメグの透視とそれを繰り返し聞かされて失語症となりながらもシナモンが書いた潜水艦による輸送船撃沈の危機と動物園での中国人虐殺の物語は、中国はじめアジア各地での戦争体験を持つ日本人やその家族・子孫にとって、歴史認識の更新あるいは構築を促すものだと考える。そして誰よりも父親が中国戦線従軍体験を持つ村上自身にとっても、『羊』や『ねじまき鳥』の執筆は自らの歴史認識の整理構築を意味していたのではないだろうか。

劉著は大塚論文を誤読し、大塚自身が批判している蓮實重彦の「歴史不在」という村上批判と同列に大塚を置いて、劉著自身の村上批判に援用しており、ここでも「断章取義的村上批判」を繰り返しているのである。

なお劉著は蓮實重彦「文芸批評／歴史の不在」の掲載年を一九九六年としているが、同作は実際には一九九五年八月二十九日の『朝日新聞』夕刊に掲載された。大塚著における引用の際に掲載年が誤植されており、劉著は蓮實の一句引用の際に原載紙確認を怠り、大塚著より孫引きしたため、掲載年の誤植もそのまま踏襲したのであろう。

以上のように劉著は日本の文芸批評や村上研究書を大量に引用しながら、村上の歴史認識を批判しているが、その多くは誤読あるいは誤訳に基づく断章取義的批判である。ただし同書第四章「村上春樹文学の〝中国〟コンプレックス」の議論には傾聴に値する点もある。

(八)「中国人は中国人だ」という「優越感」

村上の短篇小説「中国行きのスロウ・ボート」(以下「中国行き」と略す)については、本書でもすでに第3章「裏切りと再会、遠い中国と懐かしい日本」で論じた。同作では「僕」が小学生から二十代末までに出会った三人の中国人が描かれており、二番目の在日中国人の女子大生について、劉著は次のように述べている。

日本は彼女が実際の暮らしとアイデンティティを得ている(原文：精神世界認可)場所なのだが、彼女はなおも彼女の祖先と同様にこの国家の周辺に位置しており、「中国人は中国人だ」という疎外感を実感しており、これを意識的に自分の処世の前提とさえしている。この一節の中の「中国人は中国人だ」という一句に劉著では次のような注が付されている。

風丸良彦は『村上春樹短編再読』で指摘している――扉の頁で引用する古い唄にはこの作品の基調である「中国人は中国人だ」が含まれており、前の「中国人」は一般的意味での中国人であり、後ろの「中国人」は中国人の特徴と伝聞（あるいは蔑視）の常套句的な理解である。

これも断章取義的引用である。風丸著の原文は風丸自身のアメリカでの中国人不動産屋との出会いに基づいており、以下のような「古い唄」および『風』の解釈なのである。

（『風』の：引用者注）扉には「古い唄」の一節が引かれ、その唄が短篇のタイトルそのものになっているのですが、そこで歌われるロマンチックな詩とは裏腹に、この作品を支配する下地は「中国人は中国人だ」という物言いに含まれる、後の方の「中国人」に篭められるシニフィエ、つまり、前の「中国人」が中国人一般を指すのに対し、後ろの「中国人」はサン・フランシスコで僕が出会った不動産屋のような、我々が中国人的とみなしがちな性格全般を指すという、ロラン・バルトが言うところのそうした神話作用に対する、中国人側からの被差別意識への語り手の眼差しに他なりません。その眼差し自体、差別感覚を維持しこそすれ断ち切れないとも言えるわけですが、読み手である私たちも、そうした大枠としてのシーニュが介在することを了解した上でこの短篇を読み、その際どい淵において物語は成立するのです。

そもそも「中国行き」には「中国人は中国人だ」という言葉は現れず、この短篇小説の冒頭に置かれている「古い唄」の歌詞も「中国行きの貨物船(スロウ・ボート)に／なんとかあなたを／乗せたいな、／船は貸しきり、二人きり……／――古い唄」という四句である。「中国人は中国人だ」という言葉は風丸が在米中に体験した中国人との遭遇に基づき風丸自身が村上小説の読解の補助線として持ち出してきた概念なのである。風丸は「私は一九八〇年代の大半をサン・フランシスコで過ごしました。その間に多くの中国人に出会いました」という体験を四頁近くにわたって語った上で、「「中国人は中国人だ」という物言い」を持ち出しているので、風丸がこの句を村上小説「中国行き」を解釈するための補助線として使うことには、それなりの有効性がある。

しかし劉著が風丸著の長文の記述を、「扉の頁で引用する古い唄にはこの作品の基調である「中国人は中国人だ」が含まれており〔略〕」と短縮して注記し、「彼女はなおも彼女の祖先と同様にこの国家の周辺に位置しており、「中国人は中国人だ」という疎外感を実感しており」と議論するのは断章取義による論理の飛躍といえよう。断章取義の結果、劉著は高校時代の同級生で今は百科事典のセールスマンをしている第三の中国人に再会した「僕」が「お高くとまった優越感で相手を細かく観察している」と主張するのである。

もっとも劉著の視点――村上の対中国人差別意識――は、村上の中国旅行記をめぐる分析では鋭い指摘を可能としている。その旅行記とは「ノモンハン鉄の墓場」で、同作を収録している『辺境・近境』では「94年6月。『ねじまき鳥クロニクル』第二（原文ママ）部でノモンハンと満州のことを書いたら、雑誌「マルコポーロ」から、実際にそこに行ってみませんかという話が来た」という説明が冒頭に置かれている。ただし『ねじまき鳥』第3部の一部分が文芸誌『新潮』に発表されたのは一九九四年十二月号においてであり、村上の中国の大連・長春・ノモンハン訪問の詳細な時期は不明である。

村上の中国訪問はこれが最初で、その後は訪中していない。一九九四年の中国は高度経済成長期に入って数年を経過した頃で、当時の大都市は興奮した群衆と混乱に近い熱気とに溢れていた。村上は先ず空路大連まで飛び、続けて列車で長春まで行き、さらにハルピン経由でノモンハンに到達した。長春すなわち旧満州国の首都新京の街の印象を、村上は次のように記している。

　中国という国を初めて目にして、まず最初に仰天するのは人間の多さである。〔略〕国が馬鹿（ばか）みたいに広いうえに（広いくせに）、人口もまたそれを埋め尽くすくらい多いのである。

> 〔略〕こういう言い方はあるいは誤解を招くかもしれないけれど、僕なんかは「南京大虐殺」とか「万人坑」というような戦争中の中国大陸における大量虐殺事件を扱った本を日本で読んでいると、ことの経緯は頭で一応把握できても、数のスケールという点で今ひとつぴんと来ないところがある。いくら人をまとめて殺すといっても、現実問題としてほんとうにそんなに沢山人間を殺すことができるのだろうかと実感的に首をひねってしまうのだ。〔略〕／でも実際に中国に来て、公園の片隅なり、駅の待合室なりに座ってまわりを行き来する人々の姿をぼんやりと眺めていると、確かにそれくらいのことは実際にあったのかもしれないなとふと思うことになる。〔略〕交通機関は、たとえそれがどのような種類の乗り物であれ、宿命的に殺人的に混んでいるし、町を行く人たちはところかまわず吸いがらを捨てたり、唾を吐いたり、怒鳴ったり、やたらものを買ったり売りつけたりしている。そういう光景を長い時間眺めていると、そのうちに数量的な感覚が一桁分くらいあっけなく違ってくるんじゃないかという怖さのようなものを感じてしまうし、あるいは中国にやってきた日本兵の感覚を根本的に狂わせたのも、そのような圧倒的な物理的数量の違いだったのではあるまいかという気さえしてくるのである。（傍点は引用者による）

『ねじまき鳥』で特に浜野軍曹に南京事件体験を語らせ、その二十余年後に刊行する『騎士団長殺し』では南京事件をテーマの一つに据えることになる村上が、ノモンハン事件取材のため初めて中国の地を踏んだ時に、旧満州国の首都で南京事件を思い出すことは理解できる。しかし公開の旅行記の中で「人間の多さ」のたとえとしてこの事件を持ち出すことは、中国人読者の神経を逆なでしかねず、実際に「誤解を招く」ことになるのだ。

村上は「数量的な感覚が一桁分」異なることをこの引用個所の直後と一〇頁あとでそれぞれ「もしこれ以上中国の大地を走る車の数が増えたとしたら、そこに現出するのはおそらく桁違いの悪夢（中国に関するものはだいたいみんな桁違いになる傾向があるようだ）」「中国的に桁外れな情景」とも記している。この「桁外れな」を林少華は「異乎尋常（尋常ではない）」と意訳しており、劉著はこの言葉を捉えて「実際に旅行し、都市から村まで、中心から辺境まで、作家は感無量で、中国に関することはすべて「尋常ではない」傾向を持つと考えているが、作家はどのようにしてこの「尋常ではない」を体験したのか」と疑問を呈している。そして夏目漱石の満州・朝鮮半島旅行記「満韓ところゞゞ」（一九〇九年）にまでさかのぼり、明治以来の日本人の対中国オリエンタリズムに対する批判をするのである。

劉著は「中国人が多いことが日本兵に神経錯乱を起こさせ恐怖を感じさせて殺人させるのか？村上が諧謔的口調を使うことには、嘲笑の意味があるが、この説はどうしても中国の読者には感情的に受け入れられない」と指摘している。確かに村上が「数量的な感覚が一桁分」異なるという中国の雄大なる印象を、南京事件など日本軍による大量虐殺という深刻な歴史事件とともに軽い口調で語ったことは、不適切であったと言わざるを得ない。

突然の旅程変更であったため、村上は「軟臥」（一等寝台車）も「硬臥」（二等寝台車）も取れず、「硬座」（二等座席車）に乗り、「便所にも立てないくらい満席の、まさに中国的混乱の極致」の中、大連ー長春間を十二時間も揺られることとなった。村上のようなベストセラー作家にとって、それはそれで得がたい中国庶民的体験であり、彼もそれをネタにして旅行記の中でユーモアたっぷりに中国二等座席車事情を書いている。そのひとつが「向かいに座った若い男が窓を開けっぱなしにしていたおかげで、目にゴミが入った」ことである。そのため目の痛みが激しくなった村上は、ハルピンで二軒の病院で眼科治療を受けている。一軒目では「目を洗ってもらい、ゴミを出して」もらったのだが、その時の眼科医で「武闘派型筋肉質の中年の女医さんにわあわあとわけのわからないことを大声で怒鳴られ」たという。

夕方になると結膜炎になったのか、再び目が痛むので別の病院に行ったところ、眼科医は「いしだあゆみをもっと疲れさせたようなアンニュイな感じの」もの静かな中年女医で、「文革時代から持ち越したようないかにも寂しい笑みを顔に浮かべて」いたという。

劉著も認める通り、文革は「現代中国における最も痛ましい歴史の記憶」である一方、中国の良心と称される巴金（パーチン、はきん又はぱきん、一九〇四〜二〇〇五年）が提唱した文革博物館は今も開館に至らず、それればかりかこの十年ほどは新聞・テレビなどのマスコミはもちろんネットで文革に触れることも禁止されている。

村上は一九六〇年代末の「大学闘争」世代であり、当時の若者の間では文革の紅衛兵運動に共感を覚えた者も多かった。そこで村上は女医のタイプを説明する時に、文革で造反して社会秩序に対し武器を伴う暴力で破壊した武闘派と、紅衛兵らにリンチを受けて悄然としている文革被害者というイメージを使ったのであろう。そもそも中国でも、この村上のノモンハン訪問当時の九〇年代には言論は現在よりも自由で、文革関係の書籍も多く出版されていた。

これに対し劉著は「文革十年の災禍は現代中国における最も痛ましい歴史の記憶であり、中国人の素朴な人間性は根本的破壊に遭遇しており〔略〕過去を忘れずして初めて未来を展望できるのだ」と文革に対する反省を語ったあと、しかし、と村上に矛先を向けている。「しかし、村上が女医を見るたびに、勇猛であっても優しくても、彼は文革を連想させられており、この先入観には〝文革中国〟の色眼鏡で中国を解釈する多くの意図が隠されているのだ」

「〝文革中国〟の色眼鏡で中国を解釈する意図」というのは劉著の深読みといえようが、村上も文革のような歴史的大惨事を安易に女医タイプのたとえに使うべきではなかったといえよう。

（九）誤読がもたらす歴史認識不足と差別意識という村上批判

劉著は『羊』の結末に対してもゲーム的であるとして、次のように批判している。

私たちには非常に明らかに分かっている――現実世界で「羊」と秘書を殺しても日本がその後に彼らが代表する邪悪によるコントロールから逃れられないことを。しかし些かの疑問もなく、多くの読者が「僕」と「鼠」の行為により、国家機構をコントロールしている強大なシステムを代替的あるいは象徴的に粉砕し、過去のあらゆる経歴と発生したことをあっさり取り消せるのだ。村上式の解決方法は異常に簡単明瞭で、民間伝説の英雄による竜退治であるかの如く呆気なく、ハリウッドの名作ヒーロー映画の大団円のようでもあり、さらには私たちが見慣れているゲームの結末の古典的な設定である。

劉著はこのように主張する際に大塚英志の別の村上論である『物語論で読む村上春樹と宮崎駿――構造しかない日本』を援用している。同書で大塚が『羊』のファンタジー的物語構造を詳細に分析する際に立てた仮説が、「『羊をめぐる冒険』で村上春樹は〔略〕ジョセフ・キャンベルの神話論に準拠して描いている」というものであった。キャンベルの神話論とは神話・物語等の基本構造を分析した『千の顔をもつ英雄』（倉田真木ほか訳、早川書房）のことで、村上が同書を邦訳刊行前に原書で読んだと大塚は推定するのだ。私はキャンベルの村上への影響の当否については保留したいが、『羊』が神話的ファンタジー的構造を有する小説であるという指摘は当を得たものと思う。そもそもあらゆる物語が構造を有し、神話・民話から小説・演劇・映画に至るまで、キャンベルだけでなくエリアーデやユング、ウラジーミル・プロップらの元型批評・形態分類の対象になり得るからである。それ故に読者は『羊』から一見「民間伝説の英雄による竜退治であるかの如く」という印象を受けることもあるのだろう。しかし果たして「多くの読者が「僕」と「鼠」の行為により、国家機構をコントロールしている強大なシステムを代替的あるいは象徴的に粉砕し、過去のあらゆる経歴と発生したことをあっさり取り消せる」と断言できるのだろうか。そもそも「些かの疑問もなく」断言する「私たち」（著者の劉研と同書に共感を抱く主に中国人読者のことだろうか）と「多くの読者」（主に日本人を指すのだろうか）を安易に分断できるのだろうか。

十四年前の拙著『村上春樹のなかの中国』に対する日本や韓国、中国大陸、香港、台湾、シンガポールの研究者や読者の反応から判断して、私は『羊』という小説には日本や中国語圏の「多くの読者」を日本の「対中国侵略をめぐる記憶」の省察へと導く力が備わっていると考える。そしてその力の源の一つが、同作が採用した対読者親和性が高い神話的ファンタジー的構造であるともいえよう。それは前述のエルサレム講演で村上自身が語るように、巧みに「真実を別の場所に引っ張り出し、その姿に別の光を当て」たものなのである。

劉著は中国の学会誌掲載の「2016年度中国の日本文学研究総評」では「国家社会科学基金プロジェクトの成果であり、日本の「ポスト戦後期」を歴史的コンテクストとして、アイデンティティの領域を出発点として、村上春樹の重大な時代のテーマと戦争記憶のテーマなどの方面に対し注目し考察したもので、合わせてこれにより村上文学創作の内在的動機をさらに深く分析しており、同書の詳細なテクスト分析の基礎の上に詳述する手法は特に評価に値する」と高く評価されている。

そのいっぽうで、「一面的な観点が流通すること」への留保を表明する論評も発表されている。二〇二〇年九月に名門外国語大学の紀要掲載の翟文穎著「解説論評　村上春樹研究の現状」は「村上春樹作品に対し真に文学性、学術論証を展開したのは劉研、尚一鷗、楊炳菁らである。劉研『日本〝ポスト戦後〟期の精神史的寓言』はその以前の観点を延長して、村上春樹を日本「ポスト戦後期」に置き、村上春樹の作品に対し総合研究を展開した」と劉著を簡単に紹介するのみである。他方で劉著と同工異曲の二〇一三年の王海藍論文「村上春樹の戦争観」を次のように要約している。

日本の対中国侵略史に基づき、中国の学者は特に村上春樹作品に現れる戦争思想に注目する。村上春樹は日本人民自らの痛みにより多くの関心を抱き、戦争自体に対する反省に欠けており、その反戦思想は不徹底である。

なお王は筑波大学教授の黒古一夫指導下で博士論文を執筆し、厖大なアンケート調査に基づく村上受容を論じた労作『村上春樹と中国』（東京・アーツアンドクラフツ、二〇一二年）を刊行し、その後中国では劉著と同じ傾向の村上批判論文を発表してきた。そして翟文穎は中国で翻訳された日本人による村上研究のうち、村上批判派が優勢である点も指摘している。

（その著書が中国語訳されている：引用者注）ジェイ・ルービン、内田樹、鈴村和成は村上春樹の支持者に属する。比較するに、支持派の中国における知名度と翻訳作品の深さは、遠く批判派に及ばない。この偏差はある程度国内学界の村上春樹研究に対する認識に影響を与える。小森陽一と黒古一夫は共に中国の博士の弟子を持つ。彼らがどの程度恩師の影響を受け、またどの程度中国学界に影響するかは今のところ不明である。その中で、（黒古著の：同）『村上春樹批判』は中国と日本での出版時期が共に二〇一六年であり、両者はほとんど同時出版であり、訳者も著者の弟子である。ある意味では、中国の学界と日本の学界が知的共有を享受するのは良いことであるが、一面的な観点が流通することには、木を見て森を見ず、の危険性も潜んでおり、中国の学界としては警戒に値する。

翟文穎は村上批判の潮流に対し、次のような提言を行っている。文中の「既成の固定化された視点と古馴染みの観点」とは劉著や王海藍論文などを指すのであろう。

中日関係の影響を受けて、村上春樹文学と戦争との関係、村上春樹と中国との関係は近年来、国内の研究のホットスポットとなっている。いかにホットスポットにおいて理論的深度を有し、既成の固定化された視点と古馴染みの観点を越えて、村上春樹文学に対しさらに深いレベルの〝人間性〟の凝視と思考を行うのか、それは中国研究者が将来注意すべき問題であるのかもしれない。／〔略〕村上春樹の最新の長篇小説『騎士団長殺し』および最新のエッセー『猫を棄てる　父親について語るとき』での、戦争に対する真剣に反省する態度は、人をして粛然として襟を正させる。このような新しい変化は、必ずや学界のさらに踏み込んだ関心と反響を呼び起こし、また必ずや再び村上春樹戦争叙述研究ブームを推し進める。

劉著は村上文学と戦争という「ホットスポット」の中心的存在であるが、これに対する冷静な視線を投げかける研究者が中国にもいるのである。日中関係・中米関係が激しく変化する中で、今後の中国の村上研究の動向は国際政治を色濃く反映するものとなるのであろうか。

第7章　村上文学の中の戦争の記憶

（一）「レキシントンの幽霊」とG・マルケス「八月の亡霊」

村上春樹は短篇小説「レキシントンの幽霊」ショート・バージョンを文芸誌『群像』一九九六年十月号に発表後、同作ロング・バージョンを同年十一月三十日刊行の短篇集『レキシントンの幽霊』に収録している。両作を比べて読むと、それが単なる怪談・奇譚ではなく、戦争をめぐる記憶を語るものであることが見えてくる。この点は前著『魯迅と世界文学』（二〇二〇年）第九章「「レキシントンの幽霊」におけるアジア戦争の記憶」で詳しく論じたので、本章では手短に解説したい。本書でも約八千三百字の前者を「ショート版」、一万五千九百字の後者を「ロング版」と呼ぶことにして、先ずは両作共通のプロットを辿ってみよう。

語り手「僕」はマサチューセッツ州ケンブリッジに二年ばかり住む間に、五十代のハンサムな趣味人の建築家ケイシーと知り合う。彼はボストン郊外のレキシントンにある父親から相続した古い屋敷に、三十代半ばのピアノ調律師ジェレミーと同居しており、ジェレミーの母の病気見舞による帰郷とケイシー自身の出張のため、一週間ほどの留守番を「僕」に依頼してくる。「僕」は留守番初日の夜中に二階の客用寝室で目を覚まし、階下の居間でパーティーが開かれている様子に気づき、居間の扉の前まで進んでから、「あれは幽霊なんだ」と思い当たり寝室に戻る。翌朝居間ではパーティーの形跡はまったくなく、ケイシーが帰宅しても「僕」はその夜の出来事については黙っていた。

半年後ケイシーに偶然出会うと、大変老け込んでおり、ジェレミーが母の死後に人が変わりもう戻ってこないこと、自分が十歳で母を亡くした時、父が三週間眠り続け、十五年前に父が亡くなった時には自分が二週間眠り続け、現実の世界とは「色彩を欠いた浅薄な世界」であることを知ったことを語り、「僕が今ここで死んでも、世界中の誰も、僕のためにそんなに深く眠ってはくれない」と微笑むのであった……。

ショート・ロング両版を比較すると、前者で重要な役を演じた作家と作曲家の三人が、後者から消えている。ショート版ではパーティーで鳴らされる古い楽しげな音楽を耳にした「僕」が、「コール・ポーターとか、ジョージ・ガーシュインとかその類の作曲家」と語っており、ポーター（Cole Porter, 一八九一～一九六四年）もガーシュイン（George Gershwin, 一八九八～一九三七年）も共にアメリカを代表する作曲家で、村上のお気に入りである。

そしてロング版で消された小説家とは「その夜、僕はケイシーが用意してくれたモンテプルチアーノの赤ワインを開け、居間のソファに座ってガルシア・マルケスの新刊を読んだ」というマルケスである。村上が一九九三年七月から九五年五月までのタフツ大学滞在中に刊行されたマルケス作品の英訳には Penguin Books の“Strange Pilgrims : Twelve Stories”（一九九四年九月。邦訳『十二の遍歴の物語』旦敬介訳）があり、その収録作の一つが「八月の亡霊」――友人が購入したイタリア・トスカーナにある古城を、語り手の「私」が妻子同伴で訪ねて行く物語である。その友人は初代の城主について「愛する貴婦人を、愛を交わしたばかりの寝床の上で刺し殺し、それから自分の飼っていた獰猛な闘犬を自分自身にけしかけ、ずたずたに噛みちぎられ」、真夜中すぎには城主の亡霊が徘徊すると「私」たちに語る。その夜は一階の部屋に寝た「私」と妻が翌朝目覚めると、二人は三階の城主の寝室で、「呪われたベッドのまだ暖かい」貴婦人の「血に濡れたシーツの中」にいた。

語り手が友人の古い家で怪奇体験をする、という語りの構造において「八月の亡霊」と「レキシントンの幽霊」とは共通しており、村上はショート版執筆に際しマルケス作品からヒントを得たため、特にマルケスの新刊に触れたのであろう。そしてこの小道具により、幽霊パーティーとは寝がけにワインを飲みながらマルケスの奇譚を読んだために「僕」が見た夢、と解釈する余地が残されている。ちなみにモンテプルチアーノとは「八月の亡霊」の舞台トスカーナの銘酒である。

村上がケンブリッジ転任前の一九九一年初頭から約二年半を過ごしたプリンストン滞在記に『やがて哀しき外国語』(講談社、一九九四年、以下『やがて』と略す)がある。その第六章「スティーヴン・キングと郊外の悪夢」は「一軒一軒の敷地が広いぶんだけ、そこには何かしら深い孤独感、孤絶感のようなものがうかがえる」と語り、「一見平和でソリッドな普通の場所がその足元に含んでいる恐怖」こそがキングのテーマであると述べている。

村上はマルケス「八月の亡霊」にヒントを得て、まずは村上版アメリカ東部「郊外の悪夢」としてショート版を構想したところ、「悪夢」は次第に深刻化して、ロング版に至ってマルケスの名は消されたものと推定されるのである。

(二)「僕」のフォルクスワーゲンvs.ケイシーのBMW

「僕」によって語られる怪談「レキシントンの幽霊」(以下「レキシントン」と略す)を、霊能者ケイシーの立場から再構成してみよう。「全国的に有名な精神科医」の父と「美しく聡明な人で、誰からも好かれた」母との三人の幸せな暮らしは、ケイシーが十歳の時に母が事故死することで突然終わり、父が母の葬儀後「三週間のあいだ、父は眠り続け」たため、ケイシーは「広い屋敷の中で、まったくひとりぼっちで、世界中から見捨てられたように感じた」。ロング版はその後の父が再婚もせず「母を愛したようには、もう誰のことも愛さなかった」と加筆し、ケイシーが父の愛に欠乏感を抱いていたことをより明確に語っている。その父もケイシーが三十五歳の頃に亡くなり、ケイシーは母を失った父の長期入眠を追体験する。彼は長期入眠追体験後に欠乏感を実感し、母の死以来続いた父からの疎外感を克復し、亡父との和解を果たしたのであろう。

やがてケイシーはジェレミーという友人、あるいは同性愛の恋人を得る。彼は病気の母が住むウェスト・ヴァージニアに帰り、母の死後も戻って来ない。ケイシーが電話で話しても、ジェレミーは母の死のショックで人が変わり「星座の話しかしない」。彼も最愛の人の死に深く反応する霊能者であり、ケイシーの父が妻の死後「誰のことも愛さな」くなったように、ジェレミーも母の死後、ケイシーを愛さなくなったのであろう。

このような別れを予感していたのか、ケイシーは「一人暮らし」の「僕」に親近感を抱いて自宅に招き、留守番を口実に「僕」の霊との交感能力を試してみる。「僕」は幽霊との深い交感を避け、その後はケイシーを訪ねなかった。彼は「僕」と偶然再会した機会に、父子の秘密を明かし、自分の孤独死を預言するのであった。

幽霊たちが楽しむスタンダード・ナンバーに対する「僕」の距離感が、ロング版における作曲家名の抹消へと拡大されている点は見落とせない。またロング版が、最初の古屋敷訪問時に

「僕」が「緑色のフォルクスワーゲン」で出かけたところ「ドライブウェイには新しいBMWのワゴンが停まっていた」と二つの車種をめぐる対比的描写等々を加筆している。「僕」が幽霊パーティーに参加しなかった理由を、「怖さを越えた何か」と曖昧に説明するショート版に対し、ロング版は音楽から車、パソコンに至る「僕」とケイシーの趣味や価値観の差を加筆して説明している。しかし「僕」の「何か妙に深く、茫漠とした」感覚は、そのようなライフ・スタイルの差違だけでは説明できないであろう。二人の暮らしの価値観の背後には、歴史の記憶が潜んでいるのである。

(三) 日米戦争およびアメリカの対アジア戦争の記憶

ケイシーを主人公として再構成した「レキシントン」のプロットからは、父子の関係およびその息子とパートナー及びその候補者との別れ、というテーマが浮上してくるであろう。実は短篇集『レキシントンの幽霊』には、本書第5章で紹介した「トニー滝谷」が収録されている。母不在の中で心の通い合わぬ父子関係、買い物嗜癖（しへき）の妻との死別、妻の霊気を感受できるアシスタントとの別離という「トニー滝谷」の構造は「レキシントン」とほぼ一致する。滝谷父子がケイシーとその父に、妻がジェレミーに、そしてアシスタントが「僕」に相当するのである。その意味では「トニー滝谷」と「レキシントン」は姉妹篇的な関係にあるといえよう。そして前者において日中戦争の記憶が重要な意味を持っていたように、後者には日米戦争の記憶が散りばめられているのである。

村上は『やがて』第一章「プリンストン――はじめに」で、一九九〇年の湾岸戦争から九一年の太平洋戦争開戦五十周年記念時期におけるアメリカの「愛国的かつマッチョな」好戦的雰囲気について「あまり心楽しいものではなかった」と記している。

しかしなんとかその戦争もうまく終結し、これでやっと一息つけるかと思ったら、今度はパールハーバー50周年記念にむけてアメリカ全土でアンチ・ジャパンの気運が次第に高まってきた。〔略〕実際にその中に身を置いて暮らしているとこれはかなりきつかった。

全米で高まる反日ムードの中で、「あれこれと気の張る一年」を過ごした村上は、ケンブリッジ転勤後も日米戦争について考え続けたことだろう。中野和典（「物語と記憶――村上春樹「レキシントンの幽霊」論」）によれば、ロング版では雨の降る季節について誤記がある。ロング版は「僕」の最初のケイシー屋敷訪問日時を「四月の午後」と記し、「知り合ってから半年ばかりあと」ケイシーが「僕」に留守番を頼み……と語っていくのだが、留守番の二日目の朝に降る「静かな細かい雨」を「春の雨」と誤っている。留守番は初訪問から半年後なので、幽霊休験の時期は十月であるべきで、二〇〇三年刊行の『村上春樹全作品1990~2000』第三巻では初訪問は「初秋の午後」に変更されている。

時間的錯覚が生じたのは、加筆が日時だけでなく地名にも及ぶ複雑な作業であったからだろう。ショート版に比べてロング版は、ケイシーの母の記憶も「父よりも十歳以上年下〔略〕美しく聡明な人」だったが、「ある年の秋の初めに、ヨットの事故で死んだ」と両親の年齢差や事故死の季節を明示すると同時に、「夏の朝の鮮やかな光を浴びながら、ニューポートの浜辺の道を歩いている母の姿」と地名の記憶も加筆されているのである。

そもそもケイシーがサウス・カロライナ州チャールストンの幽霊旅館の住人ではなく、ジェレミーの母が南北戦争開戦までウェスト・ヴァージニア州を所属させていたヴァージニア州に住んでいないのはなぜなのか――マルケスや作曲家の名前が消去され、BMWなどの車名が加筆されていることを考慮すれば、これらの地名にも注目すべきであろう。

レキシントンはアメリカ独立戦争において最初の銃声が放たれた土地であるが、ロング版に登場する他の両地とともに日米戦争の記憶を喚起する名称でもある。レキシントンとは太平洋戦争で活躍したアメリカ海軍航空母艦（USS Lexington CV–2）の名前でもあり一九二七年に就役、太平洋戦争で日本海軍に撃沈された最大の空母であった。この艦名は四三年二月就役の新空母（USS Lexington, CV–16）が継承し、同艦はサイパン攻撃などで活躍、「ブルー・ゴースト」の愛称で知られたという。戦後は訓練空母となり、村上滞米中の九一年十一月に退役、翌年六月に博物館として寄贈され、テキサス州コーパス・クリスティで公開された。

ウェスト・ヴァージニアも戦艦名（USS West Virginia, BB-48）であり、日本海軍による真珠湾攻撃により大破しており、同艦が一九二〇年四月に起工したのはヴァージニア州ニューポート・ニューズの造船所においてであった。もっともケイシーの母が散歩した浜辺とはロードアイランド州のニューポートであろう。同市はボストンの南約一〇〇キロに位置し、アメリカ海軍戦略大学（United States Naval War College）など海軍訓練施設があるほか、一八五三年に黒船を率いて日本に開国を迫ったペリー提督の出身地でもある。

そして「僕」が古屋敷二階の寝室で聞いた幽霊パーティーの「シャンパン・グラスかワイン・グラスがふれ合う、ちりんちりんというかろやかな音」と類似の響きを、かつてベトナムの山中をパトロールしていたアメリカ兵も耳にした、とティム・オブライエンは短篇小説「本当の戦争の話をしよう」で次のように記している。

　ちょっと先の霧の奥でちゃらちゃらちゃらしたヴェト公（グーク）のカクテル・パーティーが開かれてるみたいなんだよ、実に。音楽とかおしゃべりとか、そういう奴さ。あほらしいとは思うけどさ、シャンパンのコルクを抜く音まで聞こえるんだぜ。マーティニのグラスが触れ合う音も実際に聞こえるんだ。

オブライエンのベトナム戦争短篇集が村上春樹訳で刊行されるのは、村上渡米直前の一九九〇年十月のことであった。「僕」が古屋敷で幽霊パーティーと扉一枚で隔てられた時に感じた「何か妙に深く、茫漠としたもの」とは、太平洋戦争から九一年の反日現象に至る日米関係史により惹起されたアメリカに対する違和感ではなかったろうか。それは太平洋戦争後も続くベトナムから湾岸までのアメリカの対アジア戦争に対し、あたかも滝谷父子のように無反省・無関心でいるケイシー父子的人々への批判であったかもしれない。

前述の村上と河合隼雄との対談はショート版発表の約一年前に行われており、その冒頭で、村上は「アメリカに行って思ったのは、そこにいると、もう個人として逃げ出す必要はないということ」と語っている。この「デタッチメント」から「コミットメント」への移行に際し、村上が追求しようとしたものが西洋とは異なる「日本における個人」であり、彼は「歴史という縦の糸を持ってくることで、日本という国の中で生きる個人というのは、もっとわかりやすくなるのではないか」と考えたという。「レキシントン」がショート版からロング版へと改稿される過程とは、まさに村上が「デタッチメント」時代を終了するための通過儀礼ではなかったろうか。

レキシントンの古屋敷で悪夢から目覚めた「僕」が最初に聞くのは、青カケスの鳴き声である。青カケスとは英語でBlue Jay、それは『風の歌を聴け』（以下『風』と略す）から『羊をめぐる冒険』まで「僕」の良き理解者であった在日中国人、朝鮮戦争からベトナム戦争までを在日アメリカ軍基地で働きながら体験したあのジェイと同じ名前の鳥なのである。

（四）『騎士団長殺し』の中の南京事件

二〇一七年二月に刊行された村上春樹の長篇小説『騎士団長殺し』は、三十六歳の肖像画家「私」が主人公である。

彼は妻との離婚話から自宅を出て、美大時代以来の友人雨田政彦の父親で高名な日本画家雨田具彦の小田原郊外にある旧アトリエで暮らすことになる。ある日「私」は屋根裏で「騎士団長殺し」という題名の日本画を発見する。それはモーツァルトのオペラ『ドン・ジョバンニ』（一七八七年）に取材し、若きプレイボーイ貴族が「騎士団長」を刺殺する場面を描いた若き日の雨田画伯の作品で、画伯が隠していたものだった。アトリエ裏の雑木林には小さな祠と石積みの塚があり、鈴の音に誘われて塚を掘ると石室が現れ、騎士団長の姿で身長六〇センチほどのイデアが顕れる。さらに「私」に肖像画制作を依頼する元ＩＴ関連起業家で謎の資産家の免色（五四歳）や、「私」の絵画教室の生徒の少女まりえらも登場し、「私」は不思議な出来事に巻き込まれてゆく……。

モーツァルトのオペラ『ドン・ジョバンニ』では、主人公ドン・ジョバンニが未婚の女性に夜這いをかけたところ、彼女が抵抗し、そこに彼女の父親の騎士団長が駆け付けたため、ジョバンニが騎士団長を刺殺してしまう。

このオペラの一場を雨田は日本の飛鳥時代（六世紀末から七世紀前半）の習俗に置き換えている。「騎士団長殺し」の絵に秘められた謎とは何か？　それは第二次世界大戦前に画学生だった雨田具彦と、その弟で音大でピアノを専攻していた継彦（つぐひこ）とが、それぞれ留学先のウィーンと徴兵され動員された南京で味わった悲惨な体験であった。

兄の具彦は一九三八年三月のアンシュルス（独墺合邦、ナチス・ドイツによるオーストリア併合）当時、オーストリア人の恋人と共に対ナチス抵抗組織に属し、要人暗殺計画に関わって逮捕され、恋人ら同志は処刑され、具彦自身も「サディスティックな拷問」を受けた。

そして弟の継彦は一九三七年の南京攻防戦で上官に軍刀による中国人捕虜の斬首を強制され、この体験のトラウマに耐えきれず、復員後に遺書を残して自殺したのだ。具彦はウィーンから帰国後、弟の遺書を読み、自らの対ナチス抵抗の挫折体験と併せて、密かに日本画「騎士団長殺し」を製作し、これを厳重に梱包して自宅の屋根裏に隠した。この政治と芸術との対立、国家と個人との矛盾を描いた秘密の絵を発見したことにより、「私」は不思議な事件に遭遇し……と物語は展開していく。

『騎士団長殺し』における南京事件に関する記述は深刻である。まずは「私」の不思議な隣人で博識な免色が、「南京虐殺事件」について「私」に向かい次のように説明している。

日本軍が激しい戦闘の末に南京市内を占拠し、そこで大量の殺人がおこなわれました。〔略〕正確に何人が殺害されたか、細部については歴史学者のあいだにも異論がありますが、とにかくおびただしい数の市民が戦闘の巻き添えになって殺されたことは、打ち消しがたい事実です。中国人死者の数を四十万人というものもいれば、十万人というものもいます。しかし四十万人と十万人の違いはいったいどこにあるのでしょう？

石川達三（一九〇五〜八五年）は第一回芥川賞（一九三五年）を受賞した作家で、三八年二月にルポルタージュ小説『生きてゐる兵隊』を発表している。同作は三七年十二月の首都南京陥落直後に中央公論社特派員として中国に渡った石川が、戦火の余燼がいまだ消えやらぬ南京で行った八日間の取材に基づくもので、その際には「現地では、将校とはほとんど接せず、兵士の間に交わりその話をきくことに力をそそいだ」（同書新潮文庫版の久保田正文解説）という。東京に戻った石川は二月一日から十二日朝までに一気に四百字詰めで三百三十枚を書き上げたのだ。

この小説では凄惨な戦闘場面、日本兵による放火略奪レイプなどが次々と描かれている。たとえば武器を持たぬはずの従軍僧片山玄澄による「残敵掃蕩」の場面は次の通りである。

部落（原文ママ）の残敵掃蕩の部隊と一緒に古里村に入って来た片山玄澄は左の手首に数珠（じゅず）を巻き右手には工兵の持つショベルを握っていた。／そして皺枯れ声をふりあげながら路地から路地と逃げる敵兵を追って兵隊と一緒に駈け廻った。〔略〕／「貴様！」とだみ声で叫ぶなり従軍僧はショベルをもって横なぐりに叩きつけた。刃もつけてないのにショベルはざくりと頭の中に半分ばかりも食いこみ血しぶきを上げてぶっ倒れた。／「貴様！〔略〕貴様！」／次々と叩き殺して行く彼の手首では数珠がからからと乾（かわ）いた音をたてていた。

この従軍僧も戦場に来る前までは「この宗教が国境を超越したものであることを信じていた」のである。『生きてゐる兵隊』は総合雑誌『中央公論』に掲載されたが、同誌は発売と同時に発禁処分を受け、同誌発行人らとともに石川は東京地検により起訴されている。公判調書によると「日本軍人ニ対スル信頼ヲ傷付ケル結果ニナラヌカ」と問う判事の前で、石川は次のように答えたという。

ソレヲ傷付ケ様ト思ツタノテス大体国民カ出征兵ヲ神ノ如クニ考ヘテ居ルノカ間違ヒテモツ

ト本当ノ人間ノ姿ヲ見其(そ)ノ上ニ真ノ信頼ヲ打チ立テナケレハ駄目(だめ)タト考ヘテ居リマシタ〔略〕

同年九月、石川に下った判決は禁錮四月、執行猶予三年というものであった。

南京攻略は戦争拡大に反対する参謀本部の命令を押し切って現地司令部が「独断南京追撃ヲ敢行」したものである。そのため装備、補給の用意はなく食糧は中国人から徴発、略奪してまかない、杭州湾－南京間四〇〇キロの追撃戦では捕虜を殺害し、略奪放火強姦が日常化していた。従軍僧までが狂気に犯されていた二十万の日本軍が南京を占領したとき、城内に配備できた憲兵はわずか三十人であったという。捕虜取り扱いの指針や占領後の住民保護の軍政計画が欠如したまま首都攻防戦で大量虐殺を行ったうえに、占領後も二週間もの無政府状態を許してしまったのである。

南京事件における中国側被害者数は、日本の歴史学者である秦郁彦の推定によれば、不法殺害が兵士三万と一般人八千～一万二千を合わせて合計三万八千～四万二千、強姦二万である（『南京事件――「虐殺」の構造』中公新書、中央公論新社、二〇〇七年）。また笠原十九司の推計によれば「二〇万人近いかあるいはそれ以上」となる（『南京事件』岩波新書、岩波書店、一九九七年）。村上春樹は免色の言葉を通じて、現代日本人の良心を描いたのであろう。

『騎士団長殺し』では、日中戦争期には弟の継彦の自殺は「徹底した軍国主義社会」では秘匿すべき一家の恥と見なされ、継彦の遺書も「焼き捨てられ」てしまう。それでも雨田画伯は後年、彼の息子の政彦に継彦の遺書の中味を漏らしたことがある。政彦は父から聞いた叔父継彦の遺書の凄惨な内容を、親友の「私」に次のように語っている。

「叔父は上官の将校に軍刀を渡され、捕虜の首を切らされた。〔略〕帝国陸軍にあっては、上官の命令は即ち天皇陛下の命令だからな。叔父は震える手でなんとか刀を振るったが、力がある方じゃないし、おまけに大量生産の安物の軍刀だ。人間の首がそんな簡単にすっぱり切り落とせるわけがない。うまくとどめは刺せないし、あたりは血だらけになるし、捕虜は苦痛のためにのたうちまわるし、実に悲惨な光景が展開されることになった」

継彦叔父の虐殺体験をめぐる政彦の語りは、二頁にわたって続いている。継彦はこの悲惨な体験により「神経をずたずたに破壊され」、「実家の屋根裏部屋で自死を遂げた。髭剃り用の剃刀をきれいに研いで、それで手首を切」り、「自分なりの決着」をつけたのだ。それは前述のジェイの髭剃り哲学の悲劇的応用ともいえよう。

この雨田政彦の名前からは、甘粕正彦（一八九一〜一九四五年）が連想されるだろう。甘粕は憲兵大尉時代に、関東大震災（一九二三年）の混乱に乗じ、アナーキスト大杉栄・伊藤野枝夫妻と幼い甥を殺害した甘粕事件の首謀者とされ、軍法会議で大杉が震災の混乱を利用して不逞行為に出る危険を恐れての個人的犯行と供述して懲役十年の判決を下されているが、現在では司令官の命令による犯行というのが定説となっている。三年で仮出所した甘粕は軍部の資金でフランスに遊学、一九二九年に帰国すると満州に渡り満州国建国（三二年）の謀略家として活動し、三九年に満州映画協会理事長に就任して映画産業の振興に務め、日本敗戦時に自殺した。

雨田政彦は若きピアニストだった叔父の凄惨な南京事件体験と彼の悲劇的な自殺を語り手の「私」に伝える重要な役割を担っており、その彼に村上が意識的なのか無意識的なのかは不明だが、甘粕を連想させる名前を付けたことからは、いずれにせよこの具彦画伯の戦後生まれの息子であっても、日中戦争の記憶を背負っているとも読めるだろう。

雨田画伯は自らのウィーン体験と弟継彦の南京体験に基づいて作画する際に、なぜオペラ『ドン・ジョバンニ』の騎士団長殺しの一場に取材したのか。そして登場人物たちを日本の飛鳥時代の習俗に置き換えたのか。この疑問に対し、根本治久は次のように記している。

天武は壬申の乱（６７２）で勝利し、はじめて「天皇」になった人物である。〔略〕その壬申の乱で注目されるのが、その勝利が日本史上初めて騎馬隊によるものであったことである。（近藤好和『騎兵と歩兵の中世史』吉川弘文館、二〇〇五年、四二頁。倉本一宏『壬申の乱』

> 吉川弘文館、二〇〇七年、一五八頁。）〔略〕／はじめての天皇は、「騎士団長」であったのだ。しかしその後、天皇は軍事に関わらなくなる。そして次に天皇が軍司令官になるのは近代になってからで、明治天皇や大正天皇の騎馬像が残されている。わけても昭和天皇は、白馬に乗った大元帥像が数多く撮影され、公開されている。〔略〕白馬に乗った大元帥昭和天皇の姿は、騎士団長そのものであり、『騎士団長殺し』は、天皇制批判のアレゴリーである。（『村上春樹謎とき事典②』若草書房、二〇二一年）

政彦が語る「帝国陸軍にあっては、上官の命令は即ち天皇陛下の命令」という一句が、もしも彼の父の雨田画伯が「家庭内の秘密」である継彦の自殺を息子の政彦に向かい『一度だけ酔っ払ったときに」語った言葉からの引用であるとすれば、あるいは政彦が父の胸中を察して語った言葉であるとすれば、日本画「騎士団長殺し」は帝国日本に対する激しい抗議であったといえよう。

政彦は叔父の継彦について次のように語っている。

> 当時、東京音楽学校の学生だった。才能に恵まれたピアニストだったということだ。ションパンやドビュッシーを得意分野として、将来を嘱望されていたらしい。〔略〕ところが大学在

学中、二十歳のときに徴兵された。どうしてかというと、大学に入学したときに出した徴兵猶予の書類に不首尾があったからだ。その書類さえきちんと出しておけば、とりあえず徴兵を免れることはできたし、そのあともうまく融通はつけられたんだ。〔略〕しかしシステムというものはいったん動き出したら、簡単には止められない。

村上春樹の父も同様の徴兵体験を有することを、村上は次節で紹介する父に関する回想記で次のように記している。

（村上の父は：引用者注）二十歳のとき、学業の途中で徴兵されることになった。あくまで事務上の手違いなのだが、手続きがいったんそういう段階に入ってしまえばもう、「すみません、手違いでした」と言って修復のきくものではない。官僚組織、軍隊組織というのはそういうものだ。

ピアニスト雨田継彦の南京事件体験を書く時、村上は自らの父のことを思い浮かべていたのではあるまいか。そしてその父への思いは、二年後にエッセー『猫を棄てる　父親について語るとき』（以下『猫』と略す）となって結実するのであった。

（五）『猫を棄てる』——父の侵略戦争体験

それにしてもなぜ村上春樹は日中戦争にこだわり続けているのだろうか。戦後の一九四九年生まれであるにもかかわらず、なぜ繰り返し戦争の記憶を描き続けているのだろうか。拙著『村上春樹のなかの中国』（二〇〇七年）でも指摘したように、彼は一九九八年八月に台湾の新聞記者がインタビューで「中国」があなたの創作の原点だ、という人もいますが——と問い掛けたのに対し、父親の日中戦争従軍体験を語っている。前述の二〇〇九年二月のエルサレム賞受賞講演で「壁と卵」の比喩を用いてイスラエルのパレスチナ自治区ガザ侵攻を批判した際には、さらに詳しく父親の戦争体験をめぐる彼自身の記憶を語っている。

長い歳月を掛けて徐々に父の日中戦争の記憶を語り始めていた村上春樹が、七十歳を迎えた二〇一九年六月に、読者に向けて父の侵略戦争体験をめぐる長い回想を記したのである。それは日本で最大の発行部数を有する総合雑誌『文藝春秋』に「特別寄稿　自らのルーツを初めて綴った」という見出しを付されて発表された。この回想録『猫』は、少年時代からの長い葛藤を経て古稀の歳に至りようやく語りえた戦争の記憶——村上が父親から受け継いだ記憶なのである。

同作は翌年四月に雑誌『文藝春秋』の版元である文芸春秋より単行本として刊行され、その際に副題「父親について語るときに僕の語ること」の末尾の七字を削除して『猫を棄てる　父親について語るとき』と改題し、「台湾出身の若い女性イラストレーターである高妍さん」の全面挿絵十数頁が挿入、本文も一部改変されたが、内容に大きな修整は施されていない。
村上は『猫』冒頭で小学校時代に父と猫を棄てた思い出（約五頁）を記した後、「もうひとつ父に関してよく覚えていること」と前置きして、父の日中戦争従軍をめぐる記憶と調査を八十頁余りにわたって語り始める。

それは毎朝、朝食をとる前に、彼が仏壇に向かって長い時間、目を閉じて熱心にお経を唱えていたことだ。〔略〕子供の頃、一度彼に尋ねたことがあった。誰のためにお経を唱えているのかと。彼は言った。前の戦争で死んでいった人たちのためだと。そこで亡くなった仲間の兵隊や、当時は敵であった中国の人たちのためだと。父はそれ以上の説明をしなかったし、僕はそれ以上の質問をしなかった。おそらくそこには、僕にそれ以上の質問を続けさせない何かが――場の空気のようなものが――あったのだと思う。しかし父自身がそれを阻んでいたわけではなかったという気がする。もし尋ねていれば、何かを説明してくれたのではあるまいか。でも僕は尋ねなかった。おそらくむしろ僕自身の中に、そうすることを阻む何かがあったのだろう。

これに続けて村上は父の生涯を丁寧に紹介している。彼の父は京都市左京区にある「安養寺」

という浄土宗のお寺の次男として一九一七年一二月に生まれた。父の世代を村上は「おそらくは不運としか言いようのない」と称して、「物心ついたときには、束の間の平和な時代、大正デモクラシーは既に終わりを告げ、昭和のどんよりと暗い経済不況へ、そしてやがて始まる泥沼の対中戦争、悲劇的な第二次世界大戦へと巻き込まれていく。そして戦後の巨大な混乱と貧困を、懸命に必死に生き延びていかなくてはならなかった」と彼らの「不運」をまとめている。

村上の祖父の村上弁識（べんしき）は愛知県の農家の息子だったが家督を継ぐべき長男ではなく、近くの寺に修行僧として出され、やがて京都の安養寺に住職として迎えられた。彼は六人の息子に恵まれたが、一九五八年八月に踏切り事故で死亡した。

『猫』によれば村上の父は六人兄弟で、それぞれ次のような人生を送ったという。

三人は兵隊にとられたが、奇跡的にというべきか、幸運なことにというべきか、全員が大した怪我もなく無事に終戦を迎えることができた。一人はビルマの戦線で生死の境をさまよい、一人は予科練特攻隊の生き残りであり、父は父であやうく九死に一生を得た身だった。〔略〕子供たちはみんなそういう教育を受けさせられていたのだ。ちなみに僕の父は「少僧都」という位を得ていた。僧侶の位としてはだいたい中の下、兵隊でいえば少尉くらいに相当するらしい。

すでに第3章で述べたように、村上のデビュー作『風』（一九七九年）の語り手「僕」には三人の叔父がおり、ひとりは「腸の癌を患い、体中をずたずたに切り裂かれ」て死んだほか、「一人は上海の郊外で死」んでいた。村上の父のみならず、二人の叔父が背負っていた戦争体験を踏まえて、村上は最初の作品に主人公の親族の戦争体験を書き込んでいたといえよう。

さらに村上は父の幼少期の里子体験についても語っている。

父は小さい頃、奈良のどこかのお寺に小僧として出されたらしい。おそらくはそこの養子になる含みを持って。でもそのときのことを父は、一度も僕に話さなかった。／〔略〕祖父の弁識がそうであったように、子供が多い場合、長子以外の子供たちを口減らしに養子に出すか、あるいはどこかのお寺に見習いの小僧として預けるのは、当時それほど珍しいことではなかった。しかし奈良のどこかのお寺にやられてから、しばらくして父は京都に戻されてきた。〔略〕その体験は父の少年時代の心の傷として、ある程度深く残っていたように僕には感じられる。

「父の少年時代の心の傷」を村上がいつ頃から感知するようになったかは不明である。また父の少年期のトラウマが「ある程度深く残っていたように僕には感じられる」という一節からは、『猫』一五頁以後で語られている父の朝の読経をめぐる「簡単には声をかけがたいような厳しい雰囲気」という言葉が連想される。父にとって幼少期の里子体験と青年期の従軍体験が深刻なトラウマとなっていた点を村上は深く感じていたのであろう。こうして父をめぐる回想録『猫』は、村上の祖父と父とその兄弟たちの人生を簡単に紹介した後、父の日中戦争体験を語り出す。その冒頭で語られるのは、またしても僧侶としての学習体験である。

> 僕の父は1936年に旧制東山中学校を卒業し、十八歳で西山専門学校に入った。〔略〕したがって、そこを卒業するまでの四年間、徴兵猶予を受ける権利を有していたのだが、正式に事務手続きをすることを忘れていた（と本人は言っていた）。そのために1938年8月、二十歳のとき、学業の途中で徴兵されることになった。

この一節の前段での記述によれば、西山専門学校とは「長岡京市の光明寺に付属した学校で〔略〕かつては仏教の学習を専門とする教育機関だった」。つまり村上の父は僧侶養成のための専門学校在学中に徴兵されて中国戦線での戦闘に送り込まれたのである。そして村上は次のように述べている。

> 父が所属したのは歩兵第二十連隊ではなく、同じ第十六師団に属する輜重兵第十六連隊だっ

た。〔略〕父が所属したのは福知山の歩兵第二十連隊である〔略〕と思い込んでいたせいで、僕は父の軍歴について詳しく調べるまでに、というか調べようと決心するまでに、けっこう長い期間がかかった。父親の死後五年ばかり、そうしなくてはと思いながら、なかなか調査に着手することができなかった。

父の軍歴調査までに長い期間を要した理由については、次のように述べている。

ひょっとしたら父親がこの兵隊の一員として、南京攻略戦に参加したのではないかという疑念を、僕は長いあいだ持っており、そのせいもあって彼の従軍記録を具体的に調べようという気持ちにはなかなかなれなかったのだ。また生前の父に直接、戦争中の話を詳しく訊こうという気持ちにもなれなかった。そして何も訊かないまま、そして何も語らないまま、父親は平成20年（２００８年）８月に、方々に転移する癌と、重度の糖尿病のために九十歳にして、京都の西陣の病院で息を引き取った。数年にわたる闘病生活のために身体はかなり衰弱していたが、意識と記憶と言葉だけは最後までしっかりしていた。

父の死後の調査により、村上は「父親が入営したのは１９３８年８月１日である。歩兵第二十連隊が、南京城攻略一番乗りで勇名を馳せたのはその前年、１９３７年12月だから、父はすれすれ一年違いで南京戦には参加しなかったわけだ。そのことを知って、ふっと気がゆるんだというか、ひとつ重しが取れたような感覚があった」とも記している。

かくして中国において父の部隊が転戦を続けた様子を、村上は次のようにまとめている。

父は輜重兵第十六連隊の特務二等兵として、１９３８年10月3日に宇品港を輸送船で出港し、同6日に上海に上陸している。そして上陸後は、歩兵第二十連隊と行軍を共にしていたようだ。陸軍戦時名簿によれば、主に補給・警備の任務にあたった他、河口鎮付近での追撃戦（10月25日）と、漢水の安陸攻略戦（翌年3月17日）、襄東会戦（4月30日から5月24日）に参加している。／足跡を追ってみると、すさまじい移動距離であることがわかる。〔略〕戦場では補給が追いつかず、糧食や弾薬が慢性的に不足し、衣服もぼろぼろになり、不衛生な環境でコレラを始めとする疫病が蔓延し、深刻な状況だったという。〔略〕／〔略〕そんな中で虐殺行為は残念ながらあったと率直に証言する人もいれば、そんなものはまったくなかった、ただのフィクションだと強く主張する人もいる。

そして村上は父の中国兵虐殺体験を次のように語るのである。

一度だけ父は僕に打ち明けるように、自分の属していた部隊が、捕虜にした中国兵を処刑したことがあると語った。どういう経緯で、どういう気持ちで、彼が僕にそのことを語ったのか、それはわからない。ずいぶん昔のことなので、前後のいきさつは不確かで、記憶は孤立している。僕は当時まだ小学校の低学年だった。父はそのときの処刑の様子を淡々と語った。中国兵は、自分が殺されるとわかっていても、騒ぎもせず、恐がりもせず、ただじっと目を閉じて静かにそこに座っていた。そして斬首された。実に見上げた態度だった、と父は言った。彼は斬殺されたその中国兵に対する敬意を——おそらくは死ぬときまで——深く抱き続けていたようだった。

同じ部隊の仲間の兵士が処刑を執行するのをただそばで見せられていたのか、あるいはもっと深く関与させられたのか、そのへんのところはわからない。僕の記憶が混濁しているのか、あるいは父がもともと曖昧な語り方をしたのか、今となっては確かめるすべもない。しかしいずれにしても、その出来事が彼の心に——兵であり僧であった彼の魂に——大きなしこりとなって残ったのは、確かなことのように思える。

この回想に続けて、村上は吉田裕『日本軍兵士——アジア・太平洋戦争の現実』（中央公論新社、中公新書、二〇一七年）から俘虜虐殺行為が下級兵士たちに強制されていたという元連隊長の証言を引用した後、父の体験が村上自身において擬似体験化され、彼により引き継がれたことを次のように語っている。

いずれにせよその父の回想は、軍刀で人の首がはねられる残忍な光景は、言うまでもなく幼い僕の心に強烈に焼きつけられることになった。ひとつの情景として、更に言うならひとつの疑似体験として。言い換えれば、父の心に長いあいだ重くのしかかってきたものを――現代の用語を借りればトラウマを――息子である僕が部分的に継承したということになるだろう。人の心の繋がりというのはそういうものだし、また歴史というのもそういうものなのだ。その本質は〈引き継ぎ〉という行為、あるいは儀式の中にある。その内容がどのように不快な、目を背けたくなるようなことであれ、人はそれを自らの一部として引き受けなくてはならない。もしそうでなければ、歴史というものの意味がどこにあるだろう？

村上の父は一九三九年八月に一年間の兵役を終え、西山専門学校に復学し、四一年三月に西山専門学校を優等で卒業、同年九月末に臨時召集を受けたが、二カ月後召集解除となり、四四年十月に京都帝国大学文学部文学科に入学したという。四五年六月にも三度目の召集を受け、国内の部隊に配属され、二カ月後の八月十五日に敗戦を迎えている。四七年九月には京大を卒業し、同大学院に進学したが、四九年一月に村上が生まれこともあり、学業を途中で断念している。両親の結婚と戦争のことを、村上は次のように記している。

（父は：引用者注）生活費を得るために、西宮市にある甲陽学院という学校の国語教師の職に就いた。父と母がどういう縁で結婚をすることになったのか、詳しいことは知らない。二人の住んでいる場所は京都と大阪と離れていたから、おそらく誰か共通の知人の紹介のようなことがあったのだろう。母には結婚を念頭に置いている相手（音楽教師だった）がいたのだが、その相手は戦争で亡くなったということだ。そして母の父（僕の祖父だ）が持っていた船場の店は、米軍の空襲でそっくり焼けてしまった。彼女はグラマン艦載機から機銃掃射を受け、大阪の街を逃げ回ったことをずっと記憶していた。父の場合と同じように、戦争は母の人生をもまた大きく変えてしまったのだ。

村上は『猫』で「現在九十六歳で存命の母も国語教師で、大阪の樟蔭女子専門学校国文科を出て、母校（たぶん樟蔭高等女学校だと思う）で教えていたということだが、結婚を機に職を辞した」と述べている。両親が共に当時の最高学府で文学を学び、中学・高校の国語教師であったことは、作家村上春樹誕生に少なからぬ影響を与えたことであろう。

村上は成長するにつれ父との間の軋轢が大きくなり、最後には絶縁に近い状態となり、「父とようやく顔を合わせて話をしたのは、彼が亡くなる少し前のこと〔略〕彼の人生の最期の、ほんの短い期間ではあったけれど——ぎこちない会話を交わし、和解のようなことをおこなった」という。そして村上は『猫』の結末部で次のように述べている。

言い換えれば我々は、広大な大地に向けて降る膨大な数の雨粒の、名もなき一滴に過ぎない。固有ではあるけれど、交換可能な一滴だ。しかしその一滴の雨水には、一滴の雨水なりの思いがある。一滴の雨水の歴史があり、それを受け継いでいくという一滴の雨水の責務がある。我々はそれを忘れてはならないだろう。たとえそれがどこかにあっさりと吸い込まれ、個体としての輪郭を失い、集合的な何かに置き換えられて消えていくのだとしても。いや、むしろこう言うべきなのだろう。それが集合的な何かに置き換えられていくからこそ、と。

『猫』という回想録は、「一滴の雨水」としての父の「歴史」において重要な意味を持つ日中戦争体験を、村上が父の死後に調査し、自らの子供時代の記憶と照らし合わせながら綴ったものなのである。

村上の父は日本の中国侵略の象徴的事件である南京大虐殺には関于していなかったとはいえ、

南京を含む中国各地を転戦した。このような体験を持つ父が、当時小学校一、二年生だった村上に、自分の部隊が「捕虜にした中国兵を処刑した」様子を「淡々と語った」という記憶を村上は持ち続けており、「その出来事が彼の心に――兵であり僧であった彼の魂に――大きなしこりとなって残った」と今も村上は思っている。父の部隊の処刑体験は村上春樹自身のトラウマともなったのであろう。それでも村上は『ねじまき鳥クロニクル』で、さらには『騎士団長殺し』で南京事件や日本軍の残虐行為を回想や透視、父からの伝聞という形式で〃真実〃にして〃事実〃であるとして描き出したのである。

『ねじまき鳥クロニクル』第3部でオカダトオルは、シナモンが描く彼の祖父の物語を読む。あの敗戦直前の満州国首都の動物園で獣医が体験する不条理な虐殺物語を読んで、トオルは「そこでは真実が事実とは限らないし、事実が真実とは限らない」と感慨にふける。村上は『風』から『騎士団長殺し』に至る物語を書き、そして『猫』を書くことにより、事実にして真実である父の物語の完成に大きく近づいたといえよう。

村上は高校時代に魯迅の『吶喊』『彷徨』『朝花夕拾』『野草』『故事新編』収録の作品をすべて読んでいると思われ、彼の最初の短篇小説「中国行きのスロウ・ボート」（一九八〇年）において、語り手の「僕」と彼が最初に出会う中国人との物語が、魯迅「藤野先生」と遠隔地の学校で異国の先生に出会い、先生の期待、希望を裏切ってしまう生徒の回想、という同じ構造を持つことを本書第3章で指摘した。「中国行きのスロウ・ボート」が「藤野先生」の影響を受けているとすれば、魯迅が仙台医学専門学校の教室で見たという、日本軍による中国人銃殺の場面の幻灯(『吶喊』自序」では斬首)を村上はどのような思いで読んだことだろうか。

「中国行きのスロウ・ボート」第4の章では前述の通り、太平洋戦争中の激戦の島のジャングルの空き地で鉢合わせした日米の兵士二人は、「突然(中略)二本指をあげてボーイ・スカウト式」の答礼・敬礼をして黙って原隊へと戻ったというエピソードが置かれている。これは中国大陸を転戦した村上の父が、このように中国兵と戦わずに別れることができたのであればよかったのに……という村上の願望でもあるのだろう。

『猫』とは、村上文学の原点としての父の日中戦争体験と村上自身による父の体験の体験を語るものといえよう。あるいは逆に、「一滴の雨水」としての父の日中戦争の「歴史」を、この父の子供という別の「一滴の雨水」として受け継ごうとする営為が、村上文学であるともいえよう。そして村上にとっての創作とは、それが広く読まれること、すなわち「集合的な」読者の読書体験による新たな記憶に「置き換えられ」ることを願っての営為である、ともいえるのではないか。

二〇〇九年エルサレム文学賞授賞式講演で村上は次のように述べてもいる。

（小説家は：引用者注）真実をおびき出して虚構の場所に移動させ、虚構のかたちに置き換えることによって、真実の尻尾（しっぽ）をつかまえようとするのです。しかしそのためにはまず真実のありかを、自らの中に明確にしておかなくてはなりません。

村上は『風』以来、小説やインタビューなどで歴史の記憶を描くための「真実のありかを、自らの中に明確にして」きた。村上春樹にとって『猫』はそのような作家的営為の集大成であったのだ。

あとがき

二年前に村上春樹氏が雑誌『文藝春秋』に発表した「猫を棄てる　父親について語るときに僕の語ること」を読んだ時、私は深い感動を覚えました。村上氏が幼少期から現在に至るまで、生涯にわたり父親の戦争体験に向き合ってきたことを知り、私は羞恥の念に駆られました。私の父も村上氏のお父上と同様の中国戦線従軍体験を持っていたからです。

四半世紀ほど前に私も自らの父親について語ったことがありました。それは『戦後50年と私』という一九九五年一月刊行のエッセー集に寄稿した時のことです。敗戦七年後生まれで当時四十代そこそこの私が語った「戦後50年」とは、枝葉を端折ると以下のような家族史でした。

私より十歳年長の姉は一九四二年中国河北省の張家口市で生まれた。姉の三文字の名に挿入された那の字は、〝支那〟に由来するものであり、中国生まれを記念してのことだという。姉と私との間には名前の末尾に一、二という序数が付された二人の兄がおり、省三という名の私は末子である。しかし戸籍には私は六男と記載されている。姉の上下に三人の兄がいたのだ、私が一度として相まみえることのなかった兄たちが……。

父は一九三三年に福岡県の商業学校を卒業すると満州に渡り、旅順の貿易商で五年勤めたのち、北京に本社を置く興中公司に入社している。興中公司とは一九三七年の日中戦争勃発により新たな日本軍占領地となった北中国の開発を目的とする国策会社で、社長は十河信二（そごうしんじ）、戦後の国鉄総裁となる人であった。翌年父は旅順で知り合った女性――彼よりも一代早く植民地朝鮮に進出、工場経営を試みて失敗し破産していた技術畑出身の実業家の長女――と結婚する。それが私の母である。

父は張家口の支店に一九四四年一月まで勤務した後、現地召集を受けて兵士となった。母は幼児三人とともに同市で翌年八月十五日の敗戦を迎え、南下するソ連軍に追われながら一歳の二兄をおんぶし乳児の三兄を抱っこし、そして右手に姉、左手に荷を提げ、内地引き上げの旅に出たという。五歳の長兄は敗戦の前に病死しており、三カ月後に九州に帰り着いてまもなく二兄、三兄も病死した。

父の復員は一九四六年五月のこと、やがて母は男児三人を再び生んだ。あたかも亡くした三児を取り戻そうとするかのように。そして四男、五男、六男の名にはそれぞれ一、二、三の数字が充てられたのであった。

それにしても、私はなぜ現代中国文学者となったのだろうか。将来の進路を多少なりとも考え始めたのは高校時代のことだったろう。その当時には一九六六年に始まっていた文化大革命や老世代の現代中国文学者である竹内好（一九一〇～七七年）の中国革命論から大きな影響を受けていたと思う。それとともに幼少の頃から晩酌時に聞かされていた父の中国の思い出話に、反発を覚えるようになっていた。三十歳で召集を受けた「青瓢箪（あおびょうたん）」というあだ名の通り細身だった父は、二十歳そこその若い上等兵にびんたを張られ、重さ三十キロの完全武装でひたすら行軍させられた。中年の補充兵が生き延びるためにはとにかく休息し食べ物を探すことだった、それでも病弱の体は一年半の軍隊生活ですっかり丈夫になったというのが父の語る軍隊の思い出だった。父が動員された共産党八路軍の掃討作戦とは農家の土壁を解体して柱を抜き取り、これを燃料にして飯盒（はんごう）の飯を炊くという牧歌的ながらも確実に侵略行為であった。私の心は、弱兵の父よりも父の部隊の視線遥か遠くに姿を現しては山影に消えていく八路軍に傾いていた。

父は北京の都を絶賛してやまなかった。柳並木の美しさ、それに引き替え戦後の東京のプラタナスの葉の不細工なことよ、枯れ葉となって道に散乱する様は見苦しい――こんな話を復員後に上京し、道路舗装の小さな会社を立ち上げた父から幾度聞かされたことであろうか。たしかに東京・山手線内ほどの面積を有するあの古都をぐるりと四角に囲んだ城壁の壮大さは、少年時代の私のオリエンタリズムを掻き立てたものだった。しかし十代も半ばを過ぎると、城壁などは中華民国期までの遺物で、毛沢東が一九四九年に中華人民共和国を建国し六六年に文革を発動する頃には撤去させていたことを私は知っていた。

私が東大に入学し駒場キャンパスで中国語を学んだのは一九七二年のことだ。この年の九月に田中角栄首相が訪中し日中間の国交が回復された。しかし、台湾の蒋介石政権を見放して中華民国と断交するとは背信行為ではないか、というのが父の論理であった。「暴ニ報イルニ徳ヲ以テス」という戦後の蒋介石・国民党政権の対日政策に父は心から感謝していた。病で息子を三人失ったとはいえ、中華民国は戦後復興もままならぬ時期に、父不在の一家をともかくも日本に送還してくれた。敗軍の兵士であった父自身も些かの虐待を受けることなく復員できたのも蒋介石総統のおかげだ、というのである。

こんな父に対し私は、独裁者に対してではなく、寛大なる中国人民にこそ感謝すべきだ、と反論したものだが、その頃には私も文革や〝四人組〟に胡散臭いものを感じ始めており、国交回復をきっかけとした第一次中国ブームにも辟易していた。

中国の文革はいわゆるブレーキの利かぬ慣性運動を続けており、共産党は「我らが友は天下に遍し」のスローガンを掲げながら放浪好きの外国人学生を頑なに拒んでいた。七〇年代に入って巻き起こる日本人の海外旅行ブームの中で、中国に関心を寄せる学生は少しでも中国に近い所を巡礼しようと願って、華僑の住む東南アジアの諸都市を歩いたものだ。私もそんなリュックを背負って羽田空港を出入りしていた若者の一人で、七六年九月の毛沢東の死は香港のバックパッカーの定宿だった重慶大厦で聞いた（この一九六一年竣工の高層ビルは後に香港の映画監督ウォン・カーウァイ〈王家衛〉による一九九四年製作の名画『恋する惑星（原題・重慶森林、CHUNG-KING EXPRESS）』の舞台となる）。

第一回の政府間交換留学生として中国に渡るのはそれから三年後のこと。毛沢東路線の継承を唱える華国鋒派がいまだに勢力を維持しており、文革終息まもない社会主義体制とは外国人の目には不条理そのものの制度に映った。

ふと考えることがある――もしも三人の亡兄が健在であったなら、はたして私はこの世に生まれていただろうか。このような問いかけは所詮不合理といえよう。兄たちが健かであるようならば敗戦もないであろうし、太平洋戦争もその遠因となった日中戦争も勃発せず、そして父と母が結ばれることもなかったかもしれないのだ。

日本の全面的侵略を受けなければ、中華民国は明治日本が遂行した欧化政策を数倍の規模で実現していたかもしれない。そのときには人民共和国は一九四九年十月に建国されていたであろうか。

私の不在と中華民国および人民共和国、その遠くて近い関係を思う時、私は奇妙な感覚に襲われる。この奇妙な感覚とは、戦後五十年の日中関係の本質に根ざしたものではないだろうか。従軍慰安婦、南京大虐殺、重慶戦略爆撃等々の問題をめぐって抗議の声が続くのは、中国においても多数の人々が自己の存在と戦後日本の存在との関係を考えているからであろう。しかも被害者においてはたとえ半世紀が経過していたとしても、その思いは奇妙な感覚の域に留まることはあるまい。

人民共和国の行く末を見届けることとは、中華民国の興亡を問い直すことであり、そして戦後に生まれた私自身の生の意味を問い続けることであるとしたら、この奇妙な感覚とは現代中国文学者としての私の原点というべきなのであろうか。

× × ×

私が村上研究を始める十年も前に書いた戦後五十年回想記は、父の侵略軍兵士としての内面に迫ることとなく、父が蒋介石への恩義に託して語っていたであろう中国への贖罪の思いを十分に汲み取ることもなかったのです。四半世紀後に村上春樹氏の『猫を棄てる』を読んで羞恥の念に駆られたのもそのためでした。二〇二〇年に単行本として刊行されたこの回想記を、本書第7章で考察する際にも感動と羞恥の念はいや増すばかりでした。

『戦後50年と私』の編者・安原顯（一九三九〜二〇〇三年）氏は異色の編集者で、「天才ヤスケン」を自称し、中央公論新社の文芸誌『海』や女性誌『マリ・クレール』で活躍、同書版元のメタローグ社は安原氏が中央公論新社を退職後に立ち上げたとのことです。安原氏は文芸誌『海』に村上氏の最初の短篇小説「中国行きのスロウ・ボート」を掲載するなど、デビュー前後の村上氏と一時期、深く関わっていました。

その安原氏がなぜ戦後生まれの私に執筆依頼書を送ってきたのか、不思議なことです。同書の目次を開くと、拙稿は吉本隆明（一九二四〜二〇一二年）、石堂淑朗（一九三二〜二〇一一年）、埴谷雄高（一九〇九〜九七年）の三氏の後塵を拝し、淀川長治（一九〇九〜九八年）、佐伯彰一（一九二二〜二〇一六年）両氏の露払いの立ち位置でした。佐伯氏は私の東京大学教養課程在学時代に英語講読を一学期担当してくださった比較文学研究の名教授なのです（その時のテキストは児童心理学者E・H・エリクソン著のアイデンティティー理論に関するものでした）。私がこのような錚々たる老大家たちの間に紛れ込んでしまったことに気づいたのは、同書刊行後に目次を開いた時のことでした。

そもそも私宛ての執筆依頼が人違いであったのかもしれません。日本政治思想史の研究者に藤田省三（一九二七〜二〇〇三年）氏がおり、この藤田氏であればその名声といい年齢といい同書の執筆者にふさわしい方でしょう。人違いをしたのが編者の安原氏自身だったのか、版元の担当編集者であったのか知る由もありません。

この安原氏と村上氏との間に浅からぬ因縁があったことを知るのは、村上氏のエッセー「ある編集者の生と死——安原顯氏のこと」（『文藝春秋』二〇〇六年四月号）を読んでからのことでした。

私は二十余年来、村上春樹と中国をめぐる比較文学研究を続けてきて、『村上春樹のなかの中国』（二〇〇七年）、『魯迅と世界文学』（二〇二〇年）などの著作を発表しています。本書は『騎士団長殺し』『猫を棄てる』など村上氏の近作における中国の影がいよいよ色濃くなるのを見届けて執筆したもので、第1、2、3、7の各章は、旧著に添削を加えて書きました。第4章は三十年前に文芸誌『文芸』（一九九一年八月号）の高橋和巳没後二十周年特集に寄稿した評論を大幅に加筆修正したものです。

本書執筆を熱心に勧め、草稿に対したくさんご教示くださった早稲田新書編集長の谷俊宏氏に深謝いたします。

私は二〇〇四年度以来、二十年近く早稲田大学法学部に出講し、村上文学について語ってきました。出講をお勧めくださった岸陽子・早大名誉教授と、拙い講義にお付き合いくださった歴年の受講生たちに篤く御礼申し上げます。

村上作品「中国行きのスロウ・ボート」の「僕」が中国人教師と出会う少しばかり暖かすぎるほどの秋の日のような、二〇二一年十一月の日曜日に

藤井 省三

藤井 省三（ふじい・しょうぞう）

中国文学研究者。名古屋外国語大学教授・図書館長、東京大学名誉教授。1952年生まれ。東京都出身。76年3月、東大文学部を卒業。東大大学院人文科学研究科中国文学専攻修士課程を修了後、中国政府国費留学生として復旦大学留学を経て、82年3月に東大大学院博士課程を単位取得満期退学。91年9月、東大より博士（文学）の学位授与。専門は現代中国語圏の文学と映画。主な著書に『魯迅と世界文学』（東方書店）『魯迅と紹興酒』（同）『魯迅と日本文学』（東京大学出版会）『魯迅』（岩波書店）『村上春樹のなかの中国』（朝日新聞社）など。訳書に李昂著『眠れる美男』（文藝春秋）李昂著『海峡を渡る幽霊』（白水社）莫言著『透明な人参』（朝日出版社）董啓章著『地図集』（河出書房新社）など。

早稲田新書009

村上春樹と魯迅そして中国

2021年12月15日　初版第1刷発行

著　者　藤井省三
発行者　須賀晃一
発行所　株式会社 早稲田大学出版部
〒169-0051　東京都新宿区西早稲田1-9-12
電話 03-3203-1551
http://www.waseda-up.co.jp
企　画　谷俊宏（早稲田大学出版部）
印刷・製本・装丁　精文堂印刷株式会社

ISBN：978-4-657-21019-7

早稲田新書の刊行にあたって

いつの時代も、わたしたちの周りには問題があふれています。一人一人が抱える問題から、家族や地域、国家、人類、世界が直面する問題まで、解決が求められています。それらの問題を正しく捉え解決策を示すためには、知の力が必要です。整然と分類された情報である知識。日々の実践から養われた知恵。これらを統合する能力と働きが知です。

早稲田大学の田中愛治総長（第十七代）は答のない問題に挑戦する「たくましい知性」と、多様な人々を理解し尊敬して協働できる「しなやかな感性」が必要であると強調しています。知はわたしたちの問題解決によりどころを与え、新しい価値を生み出す源泉です。日々直面する問題に圧倒されるわたしたちの固定観念や因習を打ち砕く力です。「早稲田新書」はそうした統合の知、問題解決のために組み替えられた応用の知を培う礎になりたいと希望します。それぞれの時代が直面する問題に一緒に取り組むために、知を分かち合いたいと思います。

早稲田で学ぶ人。早稲田で学んだ人。早稲田で学びたい人。早稲田で学びたかった人。早稲田とは関わりのなかった人。これらすべての人に早稲田大学が開かれているように、「早稲田新書」も開かれています。十九世紀の終わりから二十世紀半ばまで、通信教育の『早稲田講義録』が勉学を志す人に早稲田の知を届け、彼ら彼女らを知の世界に誘いました。「早稲田新書」はその理想を受け継ぎ、知の泉を四荒八極まで届けたいと思います。

早稲田大学の創立者である大隈重信は、学問の独立と学問の活用を大学の本旨とすると宣言しています。知の独立と知の活用が求められるゆえんです。知識と知恵をつなぎ、知性と感性を統合する知の先には、希望あふれる時代が広がっているはずです。

読者の皆様と共に知を活用し、希望の時代を追い求めたいと願っています。

２０２０年12月

須賀晃一